我和余生，只差一个你

WO HE YUSHENG ZHI CHA YIGE NI

沈万九

著

图书在版编目（CIP）数据

我和余生，只差一个你 / 沈万九著. — 南京：江苏凤凰文艺出版社，2018.5

ISBN 978-7-5594-1707-7

Ⅰ. ①我… Ⅱ. ①沈… Ⅲ. ①故事—作品集—中国—当代 Ⅳ. ①I247.81

中国版本图书馆CIP数据核字（2018）第049442号

书　　名　我和余生，只差一个你
作　　者　沈万九
出 品 人　柯利明　吴　铭
特约监制　段雪坤
选题策划　郑心心
责任编辑　姚　丽
特约编辑　郑心心
出版发行　江苏凤凰文艺出版社
出版社地址　南京市中央路165号，邮编：210009
出版社网址　http://www.jswenyi.com
印　　刷　三河市龙林印务有限公司
开　　本　880×1230毫米　1/32
字　　数　140千字
印　　张　8
版　　次　2018年5月第1版，2018年5月第1次印刷
标准书号　ISBN 978-7-5594-1707-7
定　　价　38.00元

目 录

三　重逢，是一生最难的缘

四　一生，是你我注定的情

序

老情人，又跟你见面了，从最初的怦然心动，到后来的你侬我侬，再到如今的平淡是真……几十年如一日，想不到吧，我依旧对你一往情深，这辈子，甩是甩不掉的了。

如你所知，这是我的第四部作品，也是我人生中的第一部小说。岁月为笔，风月入墨，字里行间的，不是男欢，就是女爱。

说起爱情这碗酒，还真是让人摸不透，却又喝不够。

只因为，一个人，一辈子，可以没婚姻，但不会没爱情——不管是飞蛾扑火似的“我猜中了开头却猜不到这结局”的紫霞真爱，还是燕子飞时“墙外行人墙里佳人笑”的东坡多情，抑或是某个炽热的夏日午后，你趴在童年的窗台上，想起某个留着马尾辫的女孩跟你说过的一句话时，嘴角忍不住泛起的微笑。

正所谓人非圣贤，世人皆有七情六欲；情非得已，佛家的众生八苦中，亦有苦不堪言的“爱别离”。所以，对世人而言，爱情既是修行，又是劫难。

六世达赖仓央嘉措曾问佛，如果遇到了可以爱的人，却又怕无法把握怎么办？

佛曰：留人间多少爱，迎浮世千重变，和有情人，做快乐事，别问是劫是缘。

然而，这里的快乐，想必不是随心所欲的鱼水之欢，要不怎会有“世间安得双全法，不负如来不负卿”；也不是一夜风流后的天亮说分手，否则为何“我放得下天地，却放不下你”……而是那“身无彩凤双飞翼”的情投意合和“心有灵犀一点通”的琴瑟和谐。

所以说，人生固然如戏，爱情固然只是其中的一幕，但也是最为华丽璀璨的一幕，正如39岁就跟女读者殉情自杀的太宰治在《人间失格》中所言：

“所谓世间，不就是你吗？”

确实，人生百态，来来往往，上车下车，缘起缘灭，当我们在千回百转之后，遇到了那个想要爱、愿意爱并且能够爱的人，你一定希望，用尽余生，解尽风情，“爱你就像爱生命”。

……

以上，就是我所理解的爱情，看似柏拉图，却是心安处。你呢？是否早已幸运地找到了那位，即将照亮你余生的人？

有意思的是，很多朋友在读完本书后的第一时间，跳入脑海的问题都惊人的相似：

故事是真的吗？

对此，我一来不打算对老情人们说谎，二来也不想让某些人对号入座，所以这儿一并回答大家：

那些年的风是真的，情是真的，当年月色下闭着眼睹过誓的“爱你一辈子”也是真的，正如那天晚上我们面朝大海吹着夜风忘情地鱼水交融是真的一样……

至于，故事是不是真的？已经没那么重要了。

最后，感谢你曾来到我的世界，也许明天我们就要分离，后天你就会爱上新的美男子，奔赴那不再归来的远方，但请记得，记得我上千个日日夜夜，拣尽寒枝不肯栖，写下这些故事的原因，只有一个，那就是你。

此外，要特别感谢心爷（其实是心妹），这是我第二次跟她合作了，一路走来，见证了她从万人迷的单身，到迷万人的疑似继续单身。

所以最后的这句话，想要送给你：

对我来说，你是世间最美的姑娘（如果你不介意我没加“之一”的话），因为有你，我对余生所差的那个“你”，又多了几分把握。

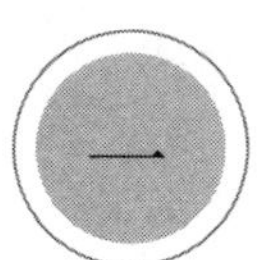

遇见，是一生最美的词

YUJIAN
SHI YISHENG
ZUI MEI DE
CI

Let's play
together

男人，是我喝过最解痛的药

/ 1 /

我从未想过，这辈子会遇到这样的女人。

/ 2 /

她长得一张好看的脸，爱笑，笑得有些邪恶，看透世间男欢女爱的邪恶，但却透着单纯，一份赤裸裸的藏着野性的单纯。

她的身体——或者用胴体来形容会更合适，似乎会说话，说着鱼玄机式的风尘情话，诉着苏小小式的呢喃情语。

正所谓风尘盛世，道不尽的情欲，逛不完的春色，永远藏在她那灵动的 S 形身姿和 D 罩杯里。

至于穿衣，她则一贯秉承着精简至上的原则：春夏时，布料环保；秋冬日，则经常不穿内衣。

“你怎么这么不爱——穿内衣啊？”我曾一本正经地问过她。

她笑了，声音如铃铛，眼睛则笑成了一轮弯月，并用真诚到近乎“无耻”的目光看着我说：

“我只是在见你时，不爱穿内衣而已。”

/ 3 /

对了，她叫白白。

白白在上中学时，就是班里的班花，成天被蹩脚到连只母苍蝇都感动不了的情书所淹没，但却丝毫没影响到她的学习。白学霸的成绩，一直就跟颜值一样傲视群芳，让班内外的女同学们心生嫉恨，却又不得不服。

与此同时，她却是老师眼中的三好学生，是男同学（含部分男老师）春梦中的三美姑娘：长得美，笑得美，白富美。

然而，命运无常且无耻，总会以一种近乎残酷的恶作剧，去“眷顾”某些人。

初中毕业的那个暑假，白白的爸妈离婚了，离婚的原因很老套，爸爸在外面有了其他女人。很快，原本亲密无间的爸爸，就变成了一个没有温度的提款机——偶尔会在校门口出现，塞给她几千元就匆匆离去，试图用金钱来填补他的愧疚之心。

更无语的是，离婚证还没有焐热呢，白白的妈妈就用闪电的速度，认识了一个新的男人，并结成了一个新的家庭——搞不懂的人，还以为当初是她这朵红杏出墙了呢。

但明眼人都知道，她是在报复白白的爸爸，以一种与其说是愚蠢不如说是绝望的方式。

而这一切，也正因了那句老话，闪婚一时爽，婚后火葬场。只不过，冥冥中被送进火葬场的，不是她自己，而是她那无辜的女儿。

/ 4 /

我记得，第一次见到白白，是在 2012 年的夏天。而且第一眼，我就无可救药地爱上了。

有人说，能够一眼爱上的人，一定是前世的情人，正如贾宝玉眼中的林黛玉，白浅眼中的夜华。

但心理学家却说，所谓的一见钟情，不过是跟童年的异性父母有关，比如说一个男人，会毫无理由爱上一个女人，而且爱得如痴如醉，一定是因为这个女人跟他妈很像，他不过是重温童年的美好而已。

……

然而，不管背后的原因是什么，我只知道，在遇见她的那一刻，是天崩地裂后万物生长百花齐放草长莺飞，是一种突然没有了氧气的窒息感。伴随而来的，则是满世界的喧嚣，像是给突然按了静音键。

众所周知，男人往往因性而爱，女人因爱而性。有意思的是，我们之所以能够擦出爱的火花——至少我是爱她的，却是走了截然相反的步骤。

认识小白后，我开始以各种方式向她靠近，耐心而坚定，果敢而深情；她则表示出一副若即若离的样子，似乎在试探着我的诚意。

夏天很快就过去了，秋风乍起，稻花飘香，俨然是到了收获的季节。

国庆过后不久，一个朋友生日，叫了一大帮平时也不太联系的朋友去庆祝，小白也在其中，我自然是欣然赴约。

我们一行 7 人——好像是 8 人，有些记不清了，挑了个小周末，开车去到了城外的一个小岛上。

当晚，我们欢快地围在一起，吃烧烤，吃西瓜，吃蛋糕

（更多是扔蛋糕），喝酒，聊天，玩“杀人游戏”……

那天的风很大，就着风声，我用蹩脚的琴艺，给大家助兴：从赵雷的《南方姑娘》，到宋东野的《董小姐》，再到海先生的《晚安姑娘》……几乎把所有会的“姑娘”都弹尽了。

后来，夜深了，大家陆续回去睡觉，剩下我跟白白，没什么睡意，成了最后的守夜人。

她一晚上都没怎么吃东西，酒倒是喝了不少，现在似乎才有了饿意。我放下吉他，就着余火和月色，烤了一根香肠给她。

“你吃香肠的样子似乎有一些……淫荡。”看她美美地吃完，我还是忍不住开玩笑道。

白白顿时一愣，眉头轻挑，倒也是一副欣然接受的样子。随后，她嬉笑着挪到我的身边，并意味深长着地看了我3秒，然后又快又准地把手伸进了我裤裆。

我那话儿顿时忍不住撑了起来，而且很快地，就因为充血而变得粗大，坚挺和滚烫。

“到底谁更淫荡啊？”她的手一直在温柔地搓动着。

说完后，白白就笑了，笑声轻易便湮没在了夜风中，但也轻易地抵达了我的内心。

/ 5 /

白白的继父是一个大学老师，教的是历史，跟妈妈看起来很般配，也很恩爱。

对于白白，继父也一直关爱有加，用心呵护，视如己出……慢慢地，便把白白那颗最初带有戒备的少女心给彻底软化了。甚至，她觉得自己有些喜欢上了这个男人。

可万万没想到的是，在高二下半学期的一天晚上，趁着白白的妈妈出差，继父在白白睡着时，偷偷地潜入她的房间，并连哄带骗地强暴了她。

那是白白的第一次 ——她曾憧憬过无数次的人生中最浪漫的夜晚，就这样被彻底地毁掉了。

而且如你所料，自打有了第一次，后面就一发不可收拾，继父几乎会在每一次妈妈出差时，要求跟白白发生关系。

值得一提的是，每次做爱前后，他都是那么的温柔，体贴，像是一个世间最美的情郎。而且，每次他都会主动戴安全套。

他说，白白还小，太早怀孕的话就不好了。

对于这件事，白白一直不敢告诉母亲。她知道，一旦说了，这个家庭就彻底破碎了。毫无疑问，母亲比她更需要一个完整的家。

所以白白一直在独自承受着她这个年龄无法承受的东西，而最让她痛苦的是，一方面，她极度痛恨和反感继父的行为；另一方面，自己的身体似乎很享受这个男人给予的温存。每一次做爱，她都能得到近乎邪恶的快感。

正是这样一种尖锐的矛盾，不断地撕裂着她的内心。她甚至大胆地设想过，如果继父跟妈妈离婚，然后跟她结婚的话，会不会好一些呢？

/ 6 /

就这样，噩梦一直伴随着白白到了大学。

幸运的是，她从此有了选择的自由。她挑了一所离家十万八千里的大学，而且在接下来的四年，她都没有回过家——哪怕是寒假，她也是待在学校过年。每当同学问起，她也非常坦然地答道，爸妈离婚了，分别有了自己的家，不想打扰。

即便如此，那段不堪回首的回忆，却一直藏在白白的心底。她以为埋得越深，就一定会忘掉。但其实藏得越深，伤她越重。

白白其实是我的师妹，我们是在吉他社认识的，但她一点都不会玩吉他。

她说，她很喜欢会玩吉他的男人。因为小时候她的亲生父亲就很会弹吉他，经常给她弹好听的歌，那是童年里最幸福的时光。

但让我无语的是，白白更喜欢的，是玩“玩吉他的男人”。所以，她跟吉他社一半的男人都发生过性关系。

她说，如果不跟男人发生关系，她就会发疯，会做噩梦，会有时候无缘无故就万念俱灰地想到自杀……用她的话来说就是，“男人是我喝过最解痛的药。”

/ 7 /

“其实，我一点都不介意你的过去。”那天晚上，躺在酒店的床上，我望着白色的天花板，语气坚定地说道。

“别太认真，你是我的第 18 个——哦，不对，应该是第 19 个男人。”白白用她那惯有的玩世不恭的语气说道，“差点把那‘老叫兽’给忘了。”

“严格来说，我还没成为你的男人，而且我也不打算成为你的男人，我想跟你在一起，不是今晚，也不是一晚上的那种。”

“那就要看你那香肠够不够大哦？”白白说完，把衣服一脱，便如同一条美人鱼般，跃到了床上，“让本公主检验一下吧！”

/ 8 /

不知什么时候，窗外下起了雨，而且是越下越大。白白在我怀里睡得像个婴儿，也像曾经的那个三美姑娘。

我记得，在电影《志明与春娇》里，志明跟春娇说了一句她一辈子都忘不了的话，有些事，不用一个晚上就做完，我们又不赶时间。

确实，余生很长，跟志明一样，倘若是真心爱一个人，我也不赶时间。

在我的坚持下，我跟白白终究是没有发生关系——期间，我甚至去了趟洗手间自己解决。因为我知道，一旦发生了关系，她就会从我的怀中毫不犹豫地离开，义无反顾地奔向新的男人，并兴致盎然地寻找新的解药……而我再也无法容忍这种情况发生。

所以，我决定用一身的力量，和一生的岁月，去保护这个伤痕累累的女人，直到她找到内心的平静，直到她找回当初的那个白白，也直到她嫁给我，跟我白头偕老，厮守一生。

婚外情有真爱吗?

/ 1 /

第一次跟她发生性关系，是在 2009 年的夏天，刚过完端午节不久。

还记得，那天的太阳特别猛，天气特别热，比记忆中的任何一个夏天都热。空气中的风，仿佛都有了重量，只因装满了热浪。

此刻，我像是刚从泳池爬出来一般，浑身湿漉漉地摊在床上。

床是一米八的双人床，很柔软很舒服也很家居，但感觉却很陌生。熟悉的她，则靠着我的身旁，正大口大口地喘着热气，像是一个溺水者刚被救出水面。

许久，她才缓过气来，然后一边把玩着我给她送的范思哲，一边用无比哀怨的语气说道：

“要是时间，可以停留在这一刻，那该多好啊！”

房间的窗帘并没有拉实，有一缕光正好从缝隙里钻了进来，露在了她那白皙、光滑和矫健的大腿上——如你所知，她刚从我身上爬下来，还没来得及穿内衣，光溜溜的大腿此刻显得特别的美。

我的目光，如同探视灯般地在她的胴体上扫射，足足看了一炷香的时间，似乎要把她看到心里去。她的话却打断了我，也让我的内心，泛起了潮水般的感动。我回过神来，对她笑了笑，心想此刻应该说些什么，感人的话，温馨的话，深情的话……可话到嘴边，还是开不了口。

因为眼下，在我们头顶的墙壁上，正挂着一幅半墙大的婚纱照，像是一把巨大的达摩克利斯之剑，随时会落下，让我们横尸当场。

与此同时，在房外的客厅里，对着电视的沙发上，也有一面幸福满满的照片墙，贴满了她去夏威夷度蜜月时拍的各种风情万种的照片。

然而，自打踏进她家门的那一刻起，我就没正眼看过。

我不想记得她老公的模样。

/ 2 /

她是我的上司，跟大 S 长得有些像，所以人送外号“大S”。

大 S 是一个土生土长的广州人，身高不高大腿不长，并不是那种高挑到手可摘星辰的妹子，但却给人一种如沐春风的感觉，再加上眼睛大大的，皮肤水水的，身材曲曲的，所以时而清纯到让你觉得无比性感，时而又妩媚到你让感到特别无邪，举手投足之间，更是藏着一份难以捉摸的贵气——后来跟大 S 混熟了，她开玩笑地说，哪有什么贵气啊，不过是用了你准备送我的范思哲的缘故。

这是我毕业后的第二份工作，做的是文案策划，工作饱和，待遇感人——当然，最让我庆幸的是，遇到了像大 S 这样的好上司，简直像是中了个大奖。要知道，我的上任领导可是一个百年难遇的极品男，长相猥琐，能力一般，还总爱让整个部门哪怕是做完了工作也要最后下班，为的是给公司的高层看。

话说回来，我们部门不大，一共就三个人，大 S 是老大，我跟另外一个女同事则是她的左右手。

正所谓初入社会，热血正足，上班的日子自然是过得飞快，经过三个月的努力耕耘后，我成功地转正了。为庆祝部门架构正式确定，大 S 组织了一场简单的团建活动：去大夫山烧烤和骑行。

原计划是三人同行，可另一个同事临时有事，结果就剩我陪大 S 玩耍了。

这是我第一次去大夫山，想不到风景还是挺美的。黄昏时分，我们挑了一个满眼苍绿的小山坡，坐在草坪上看日落。此刻，傍晚的风开始欢快地刮，带来了阔别了一个冬天的暖意，也让我想起了冯唐一首诗：

“春水初生，春林初盛，春风十里不如你。”

听完我念的诗，大 S 眼睛闪着光地说道，你知道我最喜欢你哪点吗？

我说不太清楚，但我非常确定的一点就是，绝对不可能是我的颜值。

她笑了，如铃铛般的笑声在风中飘起，随后穿过她那迎风飞舞的黑色长发，轻易便融化在了柔美如醉的夕阳里。

那一刻，我觉得她特别美，如山间的清风，如古城的阳光，并产生了一种做她一辈子下属的冲动。

/ 3 /

2009 年，“五一”过后不久，上海总部筹划了一场全国性的招商会，并要求各分部派同事过去支援。

那时候，还没高铁，飞机又没啥折扣，所以我们坐的是卧铺，大概要十几个小时。一起出行的还有七八个同事，但不知道为何，就我跟大 S 分到了同一个车厢。

同事们都笑我有艳福，对此我倒没有否认。人生中第一次公费外出，又有司花大 S 陪伴，自然兴奋到有些“酒不醉人人自醉”。

除此之外，经过这么多个月的相处，我深深地感觉到，大 S 是我喜欢的那种姑娘，明媚而大气，洋溢着活力，而且我没猜错的话，她对我也有好感。因为每次加班，不管谁先完成工作，我们都非常默契地等到一起才走，但其实我们一起能走的路，不过是从公司到地铁口而已。

一路上，我们坐在窗边，时而沉默不语，时而聊上几句，但似乎都是无关痛痒的话。大 S 有些反常，一上车之就开始心神不定，思路似乎一直在远方，收不回来——当然也有可能是例假，我那时还摸不准。

十点过后，整个车厢都熄灯了，我有些困意，便先去躺着，而且很快就睡着了，但睡得却不沉，一路上迷迷糊糊的。

也不知道睡了多久，感觉应该是凌晨左右，我突然从睡梦中醒来，发现大 S 还坐在车窗边，看着窗外，窗外皎洁的月光照了进来，落在了她身上，时间仿佛在这一刻定格了。

“怎么还没睡？”我忍不住问道。

“等你啊。”她听到了我声音，转头对我笑了笑，然后慢慢地起身，走了过来，看了我两秒，然后嗖的一声地钻进了我的被窝，并轻声道，声音透着一股近乎哀怨的柔情。

“怎——怎么了？”我当时就蒙掉了，连三个字都说不利索。

火车钻进了隧道，把整个车厢给染成了漆黑一片，我在这片如墓地般的黑暗里，听到她深深地叹了口气，气息游移到了我发烫的脸上，我感觉自己的下半身已经有些反应了。

“要是能早点遇到你，该有多好！”我还没想好接下来应该怎么做，就听到她说。

“现在不行吗？”我似乎明白了她的意思，“你有男友了？”

“没有。”她意味深长地笑了笑，然后摇头道：“不过，我已经结婚了。”

/ 4 /

上海的项目开展得非常顺利，我们在工作之余还跑了好几个景点，吃了很多极具特色但其实味道一般的小吃，也买了一些乱七八糟的手信，感觉像是度蜜月一样幸福而温馨。

然而，蜜月回来的当月月底，大S却一声不响地提出了离职，完全出乎全世界的预料。大家都不知道原因，包括我自己，也不相信是因为我的关系。

吃散伙饭的那天，她喝了很多酒，啤酒，红酒，白酒……但她似乎永远不会醉的样子，而且是越喝越有精神。

等吃完饭后，我自告奋勇送她回家。回去的车上，她一直晕晕的，靠在我的肩膀上没有说话。

广州是一个不夜城，哪怕是快到凌晨，城市依然灯火明亮，天空更是被城市照得一片橘黄。出租车穿行在一条又一条的街道上，驶过一个又一个的路灯，忽明忽暗的，如梦如幻的，让我想起了《花样年华》里的梁朝伟和张曼玉。

终于，快到她家时，大S醒了过来，看了看我，露出了一副无比哀伤的表情。

我再一次劝她，真的没有必要离职，如果是因为我的关系，我可以走啊。

“你毕业不久，又没太多的工作经验，不好跳槽。而且现在公司发展得不错，很适合你。”大S勉强挤出一丝微笑，笑脸如同A4纸般苍白，却依旧是那么的美，“你知道吗？我老公很爱我，我一直也以为我爱他，但你的出现让我的生活节奏完全打乱了。我不知道什么时候开始喜欢上了你，喜欢上你的聪明，喜欢上了你对工作的认真和踏实，喜欢上了你的有趣和纯真——如果说爱，我认为也不为过……但我知道，我不可能离开家，那个曾给过我无数温暖的港湾。”

……

“我妈信佛，信神鬼，信轮回，但我却从来不是一个迷信的人。可这一次，我却天真地希望，我下辈子能遇见你。如果遇见了，你一定要记得我！”

“嗯，我一定记得！”

“如果可以，我想亲手为你烧一次饭，做你最爱吃的鲍鱼和贝壳。明天中午，你能过来吗？就当作是最后的散伙饭。”

你的不离，如何成全我的不弃?

/ 1 /

看到她的第一眼，我就彻底地迷上了。

倒不是因为她那一袭乌黑的披肩长发，清纯中不乏性感的笑靥，以及曼妙到不至于高不可攀的身材。而是因为，在她那娉娉婷婷的背影中，透着一份看似明媚却暗藏忧伤的文艺气质。

或许，还有一个特别简单的原因，她是我的老师。

/ 2 /

那时的我，还在念大三，青春正好，风华正茂，一块典型的小鲜肉。下学期刚开学，春天还没有热够身，夏天就急匆匆地来到了，被包裹了一个寒冬的胴体，逐渐被主人解放。满校园的超短裙，开始随风飞舞，尽情地收割着回头率。

开学后不久的英文课上，她披着阳光，出现在了我们面前。她说她叫 Amanda，是我们英文代课老师（之前的老师是个法国人，因为家里出了些急事，突然回国了）……等做完自我介绍后，她便转身在黑板上写字。

此刻，清晨的阳光，如聚光灯般打在了她身上。一阵清凉的夏风，破门而入，自作主张地扬起了她的长发，看起来就像是我在她的身旁，用手撩起的一样。

那是我们人生里的第一次交集。

很快地，几个月就过去了。由于我的英语比较好，暑假又有时间，Amanda 给我推荐了一份英语夏令营的工作，带一帮调皮的小朋友去珠海。虽然兼职的时间只有两个礼拜，收入却相当可观，足够买两部 iPhone 7 了。

更重要的是，因为夏令营一起工作的关系，我跟 Amanda 的感情有了质的变化，比如说知道了她的中文名叫语琴，也知道了她喜欢寿司、瑜伽和晚上睡觉前喜欢看看星星不管有没有星星，更知道她只大了我不到 4 岁……

等回到学校，为表谢意，我便找了个机会请她吃寿司。

不料她却坚持要埋单，我欣然接受，并以退为进地请她看场电影。

我问她爱看什么电影，她说她已经好久没去过影院了，上次还是情人节，一个人去看的《爱情呼叫转移》，徐峥主演的，很喜欢。

我说我也很喜欢，徐光头的演技特别好，已经成功地从《春光灿烂猪八戒》里的呆萌猪转型成人了，未来肯定是个大腕。

她笑了笑，没再吭声。等过了一会儿，她才若有所思地说道，爱情如果找对了，还需要呼叫转移吗?

我没有作答，因为我以为这是一个反问句。不过后来我才发现，这其实是一个疑问句，困扰了 Amanda 多年。

/ 3 /

这是我这辈子过得最快的一个暑假，也是人生里的最后一个暑假。回到学校的第一时间，我便马不停蹄地准备简历，打算在广州找一份好工作，继续跟 Amanda 长相厮守。

因为我的英语不错，形象也算吃香，加上笨鸟先飞，所以很快地，我就在 11 月底，经过四轮地狱式的面试后，成功地拿到了一个外企 offer，总部就在中信大厦。

为表庆祝，我约 Amanda 出来吃饭，结果她却不同意，说这么开心的事，不出去吃了，去她家吧，让我尝尝她那惊世骇人的厨艺。

我开玩笑地说，到底是“骇人”还是害人啊？！我活这么久，还没见过颜值跟厨艺成正比的姑娘呢。

不相信啊，那你别来呀！哼！本公主改主意了。

/ 4 /

那是我第一次去她家，碰上了一个阴天。没有风，云压得很低，空气闷闷的，让人有些喘不过气——当然也有可能是因为我过于紧张，以至有些大脑缺氧。

那是一个学校附近的花园式小区，绿化做得不错，人不是很多。可我到达小区后，却像是到达了 1000 人左右的会议现场一样，心跳开始疯狂加速。

所以，我一个人在小区里转了十几圈，买了些水果，挑了些蔬菜，后来又买了饮料和零食……就差买几包卫生纸了，直到能囤一个礼拜的粮食后，我才鼓起勇气上去。

我清楚地记得，那天她穿的是一件连体式的碎花睡衣，不紧身也不暴露，但足以瞬间瓦解我好不容易平复的心墙。

所幸很快就到了用膳的时间。她亲自下厨，炒了几个家常菜，还做了个海鲜汤，味道还当真不错。

有那么一刹那，我产生了一辈子喝海鲜汤的念头。

饭后，她带我去她房间。房间不大，但有着女生所固有的整洁和素雅。靠窗的角落，立着一台黑色的雅马哈牌的钢琴。我惊讶道，你会弹钢琴啊。

要不然呢，你以为我让你进房间干吗？！

“帮你打扫卫生啊。”我临时想了个蹩脚的答复。

好啊，正缺一个卫生小标兵。

Amanda 的琴弹得很不错，也不知道是多少级，总之是行云流水，琴韵飞扬。这么多年了，我依旧记得，她弹的第一首是《天空之城》，后来跟着弹了好几首我都叫不上名字，只知道其中一首是《寂静之声》——因为这是经典电影《毕业生》的插曲，所以我很熟悉。

就这样，我静静地坐在 Amanda 身旁，闻着她身上发出来的似有似无的清香，看着她那纤细的十指在琴键上飞舞，听着那缓缓如醉并仿佛天籁之音的琴声，心脏不再像小鹿一样怦怦乱跳，而是慢慢地平静了下来。

随后不久，我突然发现，在琴边的墙壁上，有一张男女的合照。女的毫无疑问是 Amanda，男人则很阳光，也很帅气。

我很好奇，忍不住问这男的是谁。

她继续弹着琴，漫不经心地答道，我哥啊。

我本想继续追问，是你亲哥吗？转念一想，似乎不太合适，于是没再开口。

/ 5 /

从 Amanda 家回来后的当晚，我失眠了。对于即将到手的幸福，我有些兴奋过度，满脑子都是胡思乱想，我甚至还意淫到了跟老师水乳交融时的场景。

两天后的英语课上，我用英文给 Amanda 写了张小纸条，并在课间时分偷偷地塞给了她，打算约她周末去长隆动物园看长颈鹿。

我记得她说过，她最喜欢的动物是长颈鹿，因为长颈鹿脖子长长的，气质最优雅了。长颈鹿身上的花纹也很漂亮，最重要的是，它非常善良。

那节课，我几乎没听进任何的内容，因为我一直在焦急地盼着下课，盼着她的答复。

可没想到的是，下课铃声一响，她就头也不回地走了。

我非常难过，像是失恋一样全身无力地瘫在了座位上。直到同学们都走了，直到窗外天色渐晚，我才起身离开。

走到门口的那一刹那，我突然发现，在黑板的右下角落，写着一个我这辈子以来，觉得最漂亮的英文单词：

OK！

/ 6 /

从动物园归来后，我跟 Amanda 的感情已经可以用“友情以上，恋人未满”来形容了。

接下来的两个月，我们更是趁热打铁，一起去了很多地方：爬白云山，夜游珠江，登广州塔，去广州体育馆看演唱会……所谓的羊城八景，都布满了我们的足迹。而且每一次的出行，都坚定了“我们会在一起”的信念，并且会一直在一起，游遍全国乃至世界八景，牵手走余生，白首不分离。

可没想到，接下来发生的一切，却让我措手不及。

/ 7 /

2008 年的元旦，我跟 Amanda 一起去星海音乐厅，听了场高雅到让人昏昏欲睡的跨年音乐会。我还给她买了一大束的玫瑰，白色的，共 11 朵，象征着一心一意一辈子。

这是我第一次给她送花，也是我这辈子第一次给人送花，她很开心。其实我最不喜欢给人送花了，觉得特别俗气

（为此前女友曾抱怨过无数次），但为了她，一切都可以破例，而且最重要的是，我已经鼓起了勇气，打算今天告白。

音乐会结束后，我送 Amanda 回家，下了车更是送进了她小区，一路上心里都打着鼓。

这么多年了，我依旧记得那天晚上没有风，星光寂寥，但月色很美，仿佛给 Amanda 披了一层薄薄的纱。

我深呼吸了几次，终于决定开口了，结果她却抢先一步说道："要不要上楼喝点东西，我想告诉你一个秘密。"

/ 8 /

熟悉的白色沙发上，Amanda 给我倒了杯白开水，然后神情淡然地对我笑了笑，说我猜到了你今天的安排，不过在你正式行动前，我想先介绍个朋友你认识。

我内心一惊，露出疑惑了表情，心想这个时候，不是交友的好时机吧。

她说，你上次来的时候，不是看到了我跟一个男人的照片吗？还有印象吗？

我点头道，记得，你哥嘛。他来了？

她笑了笑，说你应该猜到了吧，他不是我哥，哪有人跟哥这样亲密合照的。

那是谁呢?

前夫。

/ 9 /

听完 Amanda 的介绍，我完全被震惊了，不知所措，赶紧拿起杯子喝水，大脑则飞速地在旋转，转到后面是一片空白。

“我们是 3 年前结婚的。一年前，他突然患了一种罕见的肌肉神经症，全身的肌肉开始慢慢萎缩。辗转了很多个医院，中医西医都看过，正方偏方也都试过，结果都一样：目前的医疗没办法医好，只能靠治疗来延缓萎缩速度。”

“我想了很久，最终还是跟他离婚了，我想拥有一个幸福的家，我想当妈妈，我不想一辈子跟这样的男人在一起。但是我答应了自己，会一直照顾他，把他当作自己的亲生哥哥那样照顾。

……

他现在就在里面的房间，他也知道你，知道我们的感情。我现在先进房间，我给你三首曲子的时间考虑，如果你愿意跟我一起照顾他，你就留下来，我们一辈子不分开。如果你不愿意，我也完全理解，曲子结束前，你就可以走了。”

“我的男友是个杀人犯”

/ 1 /

念念是初恋的好闺蜜。

第一次跟念念见面，是在初恋 22 岁的生日 Party 上。

现场来了很多的佳丽，所谓大家闺秀，小家碧玉，环肥燕瘦，浓妆淡抹，富家女的“猪朋狗友”就是多，满满的《小时代》即视感。

说实话，比初恋漂亮的妹子有不少，但那天晚上，我只对“念念”念念不忘。

/ 2 /

“你那闺蜜，有些问题。”当晚，宾客散去后，我对女友说。

“你才有问题呢，你全家都有问题！”女友一副为闺蜜打抱不平的样子，“你该不会喜欢上我闺蜜了吧。”

“确实有些喜欢。而且还深深地爱上了，一见钟情了，欲罢不能了，朝思暮想了，怎么办？”

“找死呗！人家有男朋友的，少打人家主意！”

“哈哈，逗你来着，你又不是不知道在我眼中，哪怕是“弱水三千”，跟你一比较，也不过是残花败柳。”我笑着说道，“她当真有些问题，你跟我说说她情况呗。”

“少来！”

“那看来，我只能用洪荒之力让汝等刁民乖乖就范了！”我一边脱掉上衣，一边假装大声地叫嚣着。

“谁怕谁啊！先去洗白白，今晚本宫心情甚佳，就临幸你三百回合吧。”

/ 3 /

对了，我是一个心理咨询师，大学毕业后没几年，工作干得不爽，然后干脆自己搞了个工作室，已经折腾了三年多，规模不大，业务一般，但一时半会也不至于倒闭，现在有心理问题的人一抓一大把，但真正愿意承认的，就不是那么多了。

说到这儿，还得感谢一下小三同志们，要知道，我几乎有一半的客户，都是因为常年深受小三问题困扰，而导致了严重的心理问题。

如你所知，每一个人都有职业病，我的病就是喜欢站在心理学的角度去揣摩动机，动辄分析人家言行背后藏着的秘密，比如有一回，跟女友和她闺蜜吃饭——还真不是我嘴贱，她这闺蜜长得就是一副妲己脸。

席间，她跟女友说，前几天做了一个特别奇怪的梦，梦到一个异性朋友的老婆找她聊天，而且聊了很久，但其实在现实生活中，她只认识这个男的而已，根本就不认识他老婆。更让她觉得奇怪的是，虽然他老婆跟她在梦里聊了很久，但具体说了什么就不知道了。

我一听就明白大概怎么回事，于是忍不住插嘴道，要我说，你该不是爱上了那男的吧。

只见话音刚落，她的脸就刷的一下红了，当下反驳道，哪里有！我跟他只是普通朋友而已。

我心想，她不解释还好，这么一解释几乎就可以肯定了，她跟那男人一定有不干不净的关系。因为这是一个典型的预警梦，她的潜意识已经发现这男人对她有意思了，而她对这个男人也有好感，照目前的情形发展，他们十有八九会搞在一起。所以，她在梦里把他老婆搬了出来，目的是提醒自己注意分寸。

后来，我女友告诉我，她还真跟那男人搞在了一起。不过，自打那次之后，我就再也没有机会跟这姑娘吃饭了。

总而言之，你可以想象，我这样的沟通方式，朋友肯定不会多——这也完全可以理解，换了是我，我也恨不得我能滚多远就多远。

记得生日的那天晚上，在跟念念简单聊了几句后，虽然都是些不咸不淡的客套话，但我的专业嗅觉告诉我，她目前的状态特别不好，正承受着巨大的压力，甚至还可能处在崩溃的边缘。

当然，男人都是外貌协会加下半身动物，我也不例外——要不是她长得如此惊艳，如同夜幕中一颗璀璨的星，我也不会这么上心。

我很好奇，在这样一个像小龙女般气质出众的姑娘背后，到底藏着什么样的故事？

/ 4 /

2012 年的冬天，是一个特别冷的冬天，我一度怀疑处在北回归线的羊城都会下雪。

过完圣诞节的某天下午，黑压压的天空，下着淅淅沥沥的雨，并夹杂着豆大的冰雹，让人有一种世界末日的错觉。

我接到女友圣旨，刚下班就不辞风雨地去到了她公司，打算接驾回宫。可刚走到天河城，她却一个急电过来，说老板发神经，临时要开什么动员大会，也不知道动员多久。

无奈之下，我只好一个人解决晚餐，结果还真是有缘千里来相会，居然在门口撞见了念念。

她也在天河城上班，刚下班就赶上了这场冷冷的冬雨，而且雨是越下越大。此刻的她，正在门口张望着，像是一个迷失在丛林里的小鹿。

我想了想，然后径直地走上前去，还记得我吗?

她下意识地往后退了退，然后用小妹妹看坏叔叔的眼神上下打量了我一番，随后问道，maybee 的朋友?

“猜错了，是男朋友。”我笑着说道，“有没有约谁，要不我们一起吃个饭？”

她犹豫了一下，同时抬头又看了看天空。

我顺势补上一刀，那这样吧，等下饭吃到一半，雨要是突然停了，我让你先走，我来收拾残局。

念念扑哧一声笑了，露出了两排白到足以代言佳洁士的牙齿。

/ 5 /

“听 maybee 说，你男朋友还挺爱你的。”晚饭席间，我假装无意地问道，“别怪她，她什么都会跟我八卦。”

“是的。我也很爱他。”念念的表情很自然，但语气却是异常的坚定，坚定到似乎要证明什么。

“哈哈，他一定很幸运，能够有你这样一位漂亮的老婆。”我故意把女友说成老婆，而且还特别加重了语气。

她脸色一沉，没有答话。我赶紧识趣地换了个话题。

晚饭过后，雨还没有停，所以我坚持送她回家。

她说不用了，你不是还要等 maybee 吗。

我当着她的面，给 maybee 打了个电话。女友在电话里直接颁布了一道圣旨，说不行！坚决反对！

挂了电话，我说走吧，她批准了，还说务必安全送达。

/ 6 /

第二天，刚好是难得的周末，我跟 maybee 约好了去看电影。去影院的路上，我问 maybee，你知道念念以前的恋情吗?

“喂喂喂，你怎么还对她不死心啊。” maybee 抗议道，“昨晚你公然违抗本公主旨意我还没跟你算账呢。”

“我这不是负荆请罪带你出来看电影吗？”我嬉笑着说道，“她确实有问题，你跟我说说她的恋爱史呗。”

maybee 一开始还不太愿意，经过我的晓之以理动之以情并答应一会儿看完电影给她买新衣服后，这妞终于忍不住开了口。

她说，念念大三时谈过一个男朋友，是个十恶不赦的坏蛋——不是那种所谓的感情骗子负心人，而是实实在在的抢劫犯，真刀真枪的，作案区域就在我们学校附近。

我还记得，念念第一次告诉我时，把我给吓坏了。我当然是第一时间劝她分手了！可她却死活不肯，后来更是要搬出去住!

更奇葩的是，她正是在那个男人抢劫她的时候认识对方的。被抢的那刻，她一点都不觉得害怕，倒觉得莫名的兴奋，甚至还在回来的时候做了一个春梦，跟那歹徒做爱……简直不可理喻！

/ 7 /

“你见过念念现在的男友吗？”我继续好奇地问道。

“没有啊，交往一年了，她一直没带出来过，不过念念以前有发过朋友圈的，还挺帅的，比你帅多了。”

“我严重怀疑你的审美眼光，必须要看看。”我打开念念的朋友圈，让 maybee 帮忙找一下。

“奇怪了，好像她把跟男友有关的朋友圈都删掉了。”女友找了一圈后，若有所思地说道，“可我从来没听她说过分手了啊。”

“也许偷偷分手了也未必呢。对了，你知道念念小时候家庭怎么样？幸福吗？”

“听她说过一些，她是单亲家庭，3 岁之后，爸爸就跟妈妈离婚了，她跟妈妈相依为命。妈妈告诉她，爸爸是个无恶不作的坏人，做过很多坏事，但她却从来没见过爸爸。”

听完女友的话，我顿时明白了十之八九。

/ 8 /

2013 年的元旦过后，我给念念发了条微信，想约她出来见个面。

如我所料，她借故推托了。

然而，我跟她简单地说了一个故事，说我有个朋友，女孩子，非常喜欢做第三者，专爱勾搭有妇之夫，而且最好是有孩子的那种。你知道为什么吗？

因为小时候，她爸就经常出轨，所以她从小就极度缺父爱，妈妈的脾气又特别不好。在潜意识里，她有这样一个错觉，只有小三才能得到爸爸的爱，所以她在长大后的恋爱关系里，都喜欢以小三的角色去面对……

“你这个朋友，后来怎么样了？”念念回道。

“她怎么样了其实不重要，对吗？”我一针见血地回答，“我知道你男友的事，我们出来聊聊吧，我能帮你。”

一直到睡觉前，我才收到念念的回复：

“好的，明天下了班，在购书中心旁边的仙踪林。”

/ 9 /

第二天，我早早就来到了仙踪林，并找了个二楼靠窗的位置坐下。过了一会儿，念念也来了。

她的脸上写满了疲惫，但不是因为上了一天班的那种，而是前一天晚上没怎么睡好的缘故。

“我知道你男友很爱你，但你们是不会结婚的，对吧。”这一次，我并没有绕太多的弯子，而是单刀直入地问道，因为我相信她昨晚已经有心理准备了。

听完我的猜测，她露出了一副无比惊讶的表情，但却没说话，也算是默认了。

“我还知道，你爱上的绝不是有妇之夫。”我语气假装很坚定，但其实我也不确定是不是这样，“你完全可以信任我的。”

念念看了看我，还是没吱声，然后突然就流下了眼泪。我静静地看着她，没再说话。

过了许久，她心情平复了一些，这才说道：“是的，他没其他女人，但我们也不可能结婚，因为他是一个杀人犯。”

/ 10 /

“不过我也是最近才知道的，他杀过人，而且杀的还是个老乡，具体是谁我就不太清楚了，警察正在通缉他——我知道这样不对，但我真的是很爱他！我无法离开他。”

“爱情，有时候就是这样盲目。”我对念念表示发自内心的理解，“你知道我是搞心理的，我很想帮你，也能够做到，如果你愿意的话，我们先做一个简单的催眠，好吗？”

10分钟过后，念念醒了过来，我让她喝了口水，然后休息了一会儿，才正式跟她说：

念念，你知道吗？我可以非常确定地告诉你，你对男友的感情不是爱，而是对童年感觉的一种修复而已。因为从小到大，你妈就告诉你，你爸是个十恶不赦的坏人，他故意抛弃了你们，抛弃了这个家。

更可恨的是，每次你问妈妈，爸爸去了哪里。妈妈都会打你，拼命打你，像发疯一样，一直到上小学。后来不打了，就开始说你爸爸的罪行，还说你爸重男轻女，从你出生那天起就嫌弃你。

但其实，通过刚才的催眠，我还发现，你在潜意识里，知道爸爸在离开家庭之前，一直都很爱你，喜欢逗你玩，给你买很多的玩具，给了你很多无条件的爱。

所以，长大之后，你会不自觉地爱上那种世俗意义的坏人。因为，你在骨子里相信，他们跟你老爸一样，并不是坏人，而是爱你的。

……

念念，其实你这样做非常危险，因为很多的坏人，是无法用爱去感化的，更无法改造。要知道，百分之五十以上的凶杀案，都是发生亲友之间。每当一个人死去，警察设定的第一嫌疑人就是他爱人。

当然，我不会建议你报警，也不感兴趣他是怎么杀人的，我想告诉你的是，你好好琢磨一下我今天说的话，认真考虑清楚，到底要不要离开他，更重要的是，认识清楚自己和爸爸的关系。

也只有想清楚了，你才能获得真正的平静，而不会一直无意识地爱上一个又一个的坏人。

听完我的一番分析后，念念长长地叹了一口气，然后缓缓地往后靠，随即瘫在了沙发上。

/ 11 /

那晚之后，我就再也没有联系念念了，因为我一直好奇的谜团已经解开，而我要做的事也已经结束，接下来，就只能靠她自己了。

期间，听 maybee 偶尔提起，说念念在情人节的时候，休了五天年假，一个人跑去泰国芭提雅看人妖去了。

或许，远方才有她想要的答案。

/ 12 /

终于，半年后的一个晚上，我接到了念念的电话。

她说她已经离开了男朋友，也彻底地放下了，并且最重要的是，在我的帮助下，认识清楚了自己。为表谢意，她决定请我吃小龙虾——这是我的最爱，看来她还是做过功课的嘛。

“太好了！那就是说，我欠你一个男朋友了？”我跟她开玩笑道，“要不你考虑一下某个小龙虾王子？”

“哈哈，你死定了，既然敢撩女友最漂亮的闺蜜。”电话的那一边，顿时传来了一阵银铃般的笑声，如清泉般欢畅，亦如夏风般清凉，更如同孩子一般纯真。

你是我这辈子都难以放下的梦

/ 1 /

“学长，我这段时间都在做同一个梦，而且梦非常奇怪。”

2013 年的夏天，南方的一所高校，也是我的母校，我受邀回去分享一堂梦境解析课。现场来的学生不多（估计是把我当成算命类的玄学大师了），只有区区几十人，而甜甜就是其中的一位。

我看了看她，长了一张人如其名的脸，皮肤非常好，水润细滑到足以代言补水护肤品了，再搭配着一袭披肩的黑发，可谓是笑靥如花，落落大方。我用眼神示意她继续讲下去。

"在梦里，什么都没，纯黑纯黑的，伸手不见五指，不过很温暖，很安全，我一点都不害怕……"

/ 2 /

时间很快，一晃三年过后，夏天的一个晚上，我收到一条陌生的验证微信，学长，还记得我吗？我听过您的课。

我看了看昵称和头像，完全没有印象，不过还是通过了验证。

在她的一番解释后，我随即恍然，原来是当初那个甜甜的曾做过一个纯黑的梦的女孩。

她的梦其实挺特别的，也很有代表意义，所以后来我一直有拿来做案例分享：这是一个逃避梦，因为梦里的情形，很像妈妈的子宫，没有一丝光，但却温暖而安全，想必是生活或是情感中遇到了重大困境，急于逃离才会有这样的梦。

她说，其实当时我对您的分析不以为然，不过后来才发现，确实有些道理。

我顿时乐了，你不会是为了一句迟来的感谢，三年后才想到加我吧。

当然不是啊，我毕业快三年了，刚好也来到了学长所在的 H 城上班，最近做了一个非常奇怪的梦，第一时间就想到了您，所以想请学长帮忙看看。

/ 3 /

我问她，具体是一个什么梦。

哈哈哈，先不告诉你，我们见面说呗。

我犹豫了一下。

她迅速补充道，怎么啦？！还怕学妹吃掉你不成，你告诉我上班的地方，我下了班过去找你，不拉你吃饭，不耽搁很多时间，而且我的梦保证让你满意。

我笑了笑，心想还真是一个懂事的娃。当然，更重要的是，她是一个长相甜美到让人过目不忘的姑娘——不得不承认，作为一个常年怀有爱美之心的直男，想要拒绝这样一个国色天香，确实有些为难。

/ 4 /

这是我们这辈子的第二次见面，约的是一个名叫“不二书店”的好地方。书店离公司不远，环境雅致，24 小时不打烊，知道的人也不多，而且还挨着江边，堪称老友相聚和情人幽会的最佳圣地。

我到时，她已经坐下了。只见她穿着一件白色的修身上衣，涂了唇彩，皮肤还是跟当年一样，光滑水润到好像被美图秀秀过般 360 度无死角，整个人看起来比三年前成熟许多，褪去了青涩，丰满了几分，再加上穿着打扮的关系，变得更加有女人味了。不过话说回来，其实甜甜并没有小我多少，因为三年前，她就已经研究生快毕业了。

我要了杯牛奶，她则点了杯卡布奇诺。我们随便叙了会旧，分享了下现状，然后就开始聊她的梦。

一说到正题，她就眨了眨眼睛，然后顽皮地笑着说，其实我没做梦啦！

“不会吧！小小年纪刚出社会就学会坑蒙拐骗了啊？”

她继续笑道，没有啊学长，我是说我——没——有——做——梦。而且，持续了一年多没做梦，我也不知道为什么，你说这情况正常不？

我下意识地觉得问题不简单，那你睡眠好吗？

她摇头，说非常不好，晚上经常醒，而且醒来就很难睡着了。

“这样啊，那你跟男朋友关系好吗？”

“非常不好，分分合合，他一点都不体谅我。”

“那很可能是感情方面的原因。”我心想，原来她已经有男友了，顿时心生失望。

她点了点头，露出了欲言又止的表情，不过犹豫了一下，终究还是没有开口。

随后，我很识趣地转移了话题——要知道，一旦打开了女孩的情感话匣，就像是打开了一个生锈多年的水龙头一样，怕是一个晚上的时间都不够用。

/ 5 /

那晚过后，又过了几个月，我们才有了第三次见面。

恰逢周末，我们公司在当地的一个百货商场做新品上市路演，她刚好去那儿逛街，也刚好看到了我在那忙活。

结果，她非但没捧场，反而硬是拉我去陪她看电影。我拗不过，只好陪她去了。我们看的是最近非常热的《从你的全世界路过》，期间她只吃了三分之一不到的爆米花，却用完了 5 包有余的纸巾。

送她回去的路上，我问她，梨花带雨的，该不是跟男朋友分手了吧。

她点了点头，说实在处不来，不知道为什么，第二次成功被甩了。

过了一会儿，她又若有所思地补充道，可能是我的命吧。

那你现在还会做梦吗？

一说到梦，她似乎心情一下好了很多，随即给我挤出一个灿烂的笑容，说很奇怪，还是不会呢。另外，我告诉你一个秘密，你千万别打我。

什么秘密？

哈哈，我今天无聊，故意来这里逛街的，因为看到你发朋友圈了。

/ 6 /

2016 年的国庆节过后不久，我因为踢球伤到了左腿膝盖，行动不便。甜甜知道后，主动提出过来帮忙，一直照顾了我两个月，直到我彻底活蹦乱跳为止。

我后来搬过一次家，她又过来帮忙打扫卫生，把我住的地方收拾得跟婚房一样整洁。

我喜欢喝汤，可 H 城这边找不到广式的炖汤，她平时有空，就会过来给我炖汤。而且她炖的汤，满满的家乡味。

……

慢慢地，我习惯了她的好，习惯了她那倾世甜颜下面的贤妻良母心，觉得这样的女子既适合恋爱，也适合结婚。于是，在认识了 3 年零 6 个月后，我们正式确定了恋爱关系。

不过好景不长，成为女友后的甜甜，像是突然变了个人似的，开始经常疑神疑鬼，往往一件小事，就能让她纠结个好几天。

有一次，因为晚上一个女同事给我发了一条暧昧的微信，她更是直接闹到了我们公司。

从每晚睡前翻手机，到手机装定位仪，再到出差的晚上必须视频打卡……类似的事情越来越多，我越来越受不了，而且几次跟她吵架都无疾而终，下次她依旧如此。无奈之下，在经过一番内心的挣扎后，我提出了分手。

万万没想到的是，分手倒是异常的顺利，甜甜似乎早就有了足够的心理准备，也有过无数次的彩排一样，甚至还有一种如释重负的感觉。

/ 7 /

刚分手那几天，我非常难过，每晚睡前都会看她的朋友圈，甚至忍不住一直往回看，看她过去几年的点点滴滴，片片断断……看着看着就睡着了。

后来有一天晚上，也不知道是怎么回事，我彻底地失眠了，一直看到了甜甜三年前的朋友圈，然后我突然发现一个巨大的秘密。

这个秘密很可能跟甜甜三年前的梦，后来的不做梦，甚至跟我们的分手都有着极大的关系。但我却不是很确定，我还需要最后的一条线索。

我考虑了很久，终于还是忍不住给她发了条微信：

“你是从三年前的那段恋情结束后不做梦的吗？”

/ 8 /

“是啊，你怎么知道？”甜甜几乎是秒回。

“你能跟我说说你们的故事吗？”

她说好的，然后就开始给我发语音：

我一直不想跟人提起他。他是我的大学同学，我们一共谈了四年的恋爱，他对我其实非常好。在毕业两年后，我们甚至见了家长，准备结婚，可没想到的是，他不知从哪里染上了赌瘾，然后疯狂赌，不要命地赌，把他的钱和原本结婚用的钱都输光了，然后婚礼就被迫搁浅了。

我劝了他很多次，可他还是改不了。我想了很久后，决定跟他分开。结果他死活不同意，跪着求我留下，甚至拿菜刀放我面前，说要砍掉自己的拇指，坚决不赌了。

我顿时心软了，答应再给他一次机会。

他后来跟我说，欠了人家 30 万元的赌债，如果不还，人家就会杀掉他。无奈之下，我把自己毕业后存的 20 多万，再找朋友借了 10 万,一共 30 万给了他还债。

结果没想到，一个礼拜后，他突然就消失了，音讯全无。他的家人告诉我，他又去赌了，而且把 30 万都输光了，现在估计逃到省外去了。

你可以想象，这一消息如同晴天霹雳，我完全不敢相信，不敢相信自己的一番苦心，换来的是这样的结局。我哭了一个多礼拜，然后又等了他几个月，他最终还是没有回来。我记得，正是从那时候开始，我不再做梦了……

甜甜的故事，让我感慨万分，但同时也印证了我的猜想，原来真正的问题出在这里。

我告诉她，三年前你之所以会做那个全黑的梦，正是你被这段感情所纠缠。而后来你不再做梦了，则是因为你彻底地把心门关掉了，不再让爱流出来，你极度缺乏安全感，这也是为何，你一旦进入新的恋爱关系，就会变得偏执而抓狂。

所谓解铃还须系铃人，你真正需要的是跟过去那段爱情，来一场仪式感的告别，而不是像对待怪物一样，把它关在笼子里。因为，在心里留下过的东西，是关不掉的。

/ 9 /

一个礼拜后，我陪甜甜去了她前男友的家。前男友的老家在 A 省的一个小城，离 H 城有半天的高铁时间。

我们计划跟他前男友来一场正式的告别，结果去后却发现，她前男友已经去世了，据说是被债主砍死的，但也有人说是自杀的。

随后，我们找到了他的坟墓，然后我就走开了，留她一个人在那里。

我记得那天，本来是烈日当空，晴天万里的，可突然就下起了雨，风也非常大，天地之间模糊成了一片，我远远地看着雨中的甜甜，在前男友的坟墓前，淋得像落汤鸡一样。

也不知道待了有多久，我几次想过去催她，可还是忍住了。因为我知道，她要把这些年压抑在心里的所有愤怒、抱怨和悔恨通通都放这里。

/ 10 /

回 H 市后不久，有一天半夜，我正做着美梦，突然就接到了甜甜的电话。她欣喜万分地告诉我，说她开始做梦了。

我梦见自己在大海里，跟很多人坐在一艘木船上，跟我同行的是一个熟悉的男人，脸看得不太清楚，但我知道一定是他。

大海的风景很好，天很蓝，一切都那么美好，可不知道怎么回事，风云突变，船也突然漏水了，而且很快就翻船了，我掉进了大海里，非常绝望。更让我绝望的是，船翻了后，所有人都不见了——包括那个熟悉的男人，只剩下我，四周是海茫茫一片。

我非常害怕，但没想太多，而是拼命地游啊游，也不知道游了多久，终于在我耗尽全身力气之前，游上了岸……

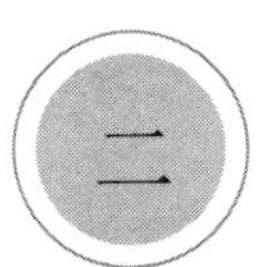

错过，是一生最痛的劫

CUOGUO
SHI YISHENG
ZUI TONG DE
JIE

Will you be
my friend?

3年的苦恋，跨不过最后的30公里

/ 1 /

过完2017年的情人节，便是我来到巴基斯坦的第3年。但我却觉得，已经在这里待了有一辈子这么久。

雨还在不停地下，加上今天，已经下了一个多月。空气中始终弥漫着一种发霉的味道。

我坐在车里，看着窗外的雨，一本正经地发着呆，心里面则堵得慌，如同压着一块巨大的石头。在我的身旁，是两个身高180以上的荷枪实弹的壮男，他们是我的保镖——严格来说，也是我的同事。此刻，似乎比我还忧心忡忡地看着窗外，一声不吭。

这段苦涩而甜蜜的异国恋，我用了3年的时间，跨越了整整3000多公里的距离。可最后这30多公里，似乎再也走不下去了。

/ 2 /

思思是我的师妹，我比她大两届。我们是在大一迎新的时候认识的，她来自美丽的杭州。

这么多年了，我依旧记得见面的那一天，天气特别晴朗，天空特别蔚蓝，秋风特别清爽，我特别好奇地问道：

“师妹，跑这么远上大学，不想家吗？”

只见她落落大方地笑了笑，露出了两排整齐白亮到足以代言高露洁的牙齿，随后说道：

“此心安处是吾乡啊。”

就在这一刹那，我的心弦被彻底地撩动了。

正所谓防火防盗防师兄，在经过两年的防备之后，思思终究是没能抵挡住我的爱情攻势。

终于，在我上大四时，思思被我成功攻陷，成为我的初恋女友。我是个典型的金牛座，用情特别专一，所以也希望，她会是我最后一任的女友。

然而，在经过一年多单纯而甜蜜的“黄昏恋”后，我们的爱情，遇到了人生的第一道大考：

毕业那天要不要分手？

所幸，在那个空气中都弥漫着眼泪的分手季，我们都选择相信爱情。

毕业后，我进了一家跨国企业，前景特好，平台甚佳，但负责的却是巴基斯坦的业务，需要长居海外，归期未定。

就这样，我们正式开启了一段跨越了3000多公里的异国苦恋。

/ 3 /

很快，我们的沟通方式，从当面互撩和床上互亲，变成了电话为主和微信为辅。

原本甘甜的爱情，也变得越来越苦涩，特别是节假日，思思经常在电话里说着说着就哭了起来。

她说这段爱情，太累人了。打着有恋人的幌子，却过着单身的寂寞日子。往往一个拥抱就能够解决的问题，却要花上两个小时的电话去安抚。而且，在电话里的我们，从来就不敢吵架，更不敢说分手，害怕一说分手，就真的永远分开了。

除此之外，她还担心我的饮食，担心我的安全，担心我在异国他乡出轨……“没有了手机，你的一切都不知道。”

每当这时，我都只能极尽温柔地安慰她，说公司食堂有中餐，而且特别好吃，你看我都胖了好几圈了；

安慰她，我平时都不出门的，买东西都是让当地的同事带，睡觉时也是穿着防弹衣；

安慰她，你太胖了，一个人就占满了我的心房。我只会看着你的裸照自慰，想着你的裸体入睡；

……

在巴基斯坦的第一年，虽然有很多的苦涩，但我们的感情依旧保持甜蜜，期间我一共回国两次。因为身体的关系，我那阵子需要吃中药，弄得那话儿有些不行，偶尔会早泄，有时还不举。

可思思从未嫌弃过，她跟我说，没有关系，哪怕一辈子不做爱，我也愿意陪在你身边。

每次听了思思的话，我都非常感动，也在暗地里多次发誓，一定要娶她回家，一辈子对她好。

/ 4 /

2016 年的情人节，我带思思回了趟老家。

对于这个“准儿媳妇”，父亲没什么意见，但母亲却不是很满意，她说这姑娘有些冷漠，不太乐意叫人，也不愿意干活，每次吃完饭，拍拍屁股就下桌了，然后坐在沙发上玩手机。

对此，我觉得也有一定的道理，于是便一半建议、一半责备地说了她几句。

没想到，思思的反应特别大，当场跟我大吵一顿，吵到后面，她还说，我又还没答应嫁给你，现在我只是你家客人而已，干吗要求我干这干那的，是不是还要每天帮你家的猫猫狗狗猪猪都喂饱了才乐意！

为此，我们冷战了两天，不过很快，我们就签署了停战协议，恢复了友好邦交，因为如你所知，我在国内待的时间不长，哪怕有天大的不满，也只能埋在心底。

回巴基斯坦的前一晚，我极尽温柔地跟思思做爱，她也很积极地配合，但我却明显地感觉到，她下面没以前那么湿了——不知道是不是我敏感的关系，我隐约间觉得，这段感情已经在悄无声息间蒙上了一层阴影。

/ 5 /

当年 7 月，思思大学毕业典礼。我瞒着她，偷偷跟公司申请了个假期，然后直飞回国。

看到我突然出现的那一刻，思思是又惊又喜，欢快得像是一个没长大的孩子，一整天挂在我这个师兄身上。

晚上按计划，我带她去了我们第一次吃饭的餐厅，然后正式跟她求婚。

如我所愿，她答应了。

但出乎我意料的是，她似乎有一些犹豫，眼神也一直闪烁不定，并没有我想象中的那样流露出美梦成真的喜悦，更没有出现那种在电视里经常能看到的眼睛噙着泪声音发颤的幸福样。

不过我没想太多，因为思思一直在很努力地准备面试，也成功地在毕业前，进到了我现在所待的企业。

而我则想尽一切办法，找了很多领导，走了很多关系，光公关费就花了三万多，确保思思在通过公司试用期后，可以第一时间调到巴基斯坦，跟我团聚。

/ 6 /

三个月很快就过去了，思思成功地通过试用期。这也意味着，我们这段跨越了 3000 多公司的异国苦恋，终于要画上句号了。

我非常开心，迫不及待地跟亲朋好友和见到的每一个同事分享了这个大好消息，也在所有的社交媒体宣布了这一动态，在各个微信群发红包……我想告诉他们的是，异地恋也是能够修成正果的。

思思来伊斯兰堡的那天，下着暴雨，哭天抢地的，似乎要一口气把这座城市淹没，我因为突然有急事，没办法去接机。所幸，公司安排了另外一个同事去接。

值得一提的是，我跟思思虽然是同一家公司，而且也都在巴基斯坦，但我在总部，她在分部，我们相隔有30多公里。

虽然30多公里并不是很远，国内开车的话，油门一踩就到了，但由于巴基斯坦一直存在着严重的治安问题，每一次见面我都需要向公司申请专用车辆，而且还得配两个荷枪实弹的保镖，才能够出行。

所以，我们顶多一个月见一次，而且每次都是我找她。她一个俏姑娘的，又是初来乍到，人生地不熟的，我肯定不放心她来找我。

/ 7 /

“你好像对我们的婚事不怎么上心。”过完2017年的元旦，按计划我在紧锣密鼓地筹备着婚礼，可思思好像是个局外人一样，并没有任何参与的欲望，这一度让我非常纳闷。

“没有啊。”思思还是一个单纯的孩子，完美地用声音和表情出卖了自己。

“你老实跟我说，你是不是不想结婚了？！”我终究还是忍不住，大声说道。

“呃……其实……怎么说呢。我有点害怕婚姻。你也知道，我爸妈的婚姻就不是很幸福，他们在我很小的时候就离婚了。”思思怯生生地解释道，“而且——而且我觉得，我还很小，才刚刚毕业。还没玩够呢。”

我一听就火冒三丈，积累了几个月的情绪，一下子就爆发了。其实后来我细想，我并不是不理解她对婚姻的恐惧，我早就知道她的家庭情况。我只是在那一刻，突然有一种强烈的感觉，她不爱我了！

我们大吵了一架，随即开启了一场恋爱路上最长的冷战。有三个多礼拜的时间，我们都没有理对方，加上那阵子工作特别忙，我全身心地投入（或者说逃避）到了工作里，更没有主动去找思思和解。

期间，思思因为水土不服，加上天气骤冷，不小心感冒了，而且发了 39 度的高烧。但我还是没去照顾她，因为我固执地在想，你不是不想结婚吗？！不结婚谁来照顾你一辈子啊。

没想到的是，那阵子还真有人在照顾她。

/ 8 /

有意思的是，照顾她的人恰好就是当初去机场接机的那个同事。

这位小哥，也是中国人，清华大学毕业的，比我迟一年进公司，人长得还算阳光帅气，而且还是出了名的风趣，会哄人开心，属于智商和情商都不错的家伙。

知道这个消息后，我终于还是忍不住，给思思打了电话，而且一开口就质问道：

“你跟他到底是什么关系？”

“什么关系也不关你事。”思思冷冷地答道，随后挂了电话。

我再打过去，她直接就挂了。重复了几次后，她终于还是接了电话，但还没等我开口，就听到了我这辈子都不会忘记的一句话：

我们分手吧。

/ 9 /

这是思思第一次跟我说分手，也是我们三年恋爱里的第一次说分手。

我大脑里一片空白，过了许久才回过神来，然后赶紧跟思思说，你先别这么冲动，我现在去找你。

她说你别来了，来了也是一样。寥寥数语中，透着一股寒气，让我不寒而栗。

/ 10 /

到分公司时，已经是傍晚时分，雨依旧没停，我站在雨中想了老半天，随后决定先不给思思打电话，我害怕她知道我来了，就故意躲得远远的不见我。

当然，我也没有心情吃饭，于是便直接去了她的宿舍，坐在门口等她，一直等过傍晚，等到晚上九点钟，等到衣服都干了，才看到了远远走过来的她。

在她的身边，还有一个男的，不过具体没看清楚是谁，因为他们很快就分开了——不知是因为看到我的缘故，还是本来就要分开。

思思看到我，并没有很惊讶，而是表情默然地说了句，你来了。

我点点头，没有说话。然后她就坚持要给我在外面酒店开个房间，我死活不愿意，并以外面不安全为借口拒绝

了 ——现在这个形势，只有五星级酒店才算比较安全。

随后，我跟思思沟通了一个多小时，可她还是坚持要分手。后来，她哭着说累了，想要睡觉了。

我心想，或许她只是一时冲动吧，明天就会跟我和解的，于是就让她去睡觉。只不过，她坚持要睡沙发，让我睡床 ——倒不是因为体贴我这个客人，想必是担心我半夜爬上她的床吧。

第一独自睡在这张熟悉的床上，我感到无比的孤独、寂寥甚至绝望。想到这可能是我这辈子最后一次睡这里了，内心又是一阵撕心裂肺的痛。

此刻，窗外的月色甚是明媚，照得我的床前一片明亮，但却始终照不进我的心。门外的那个女人，离我不过一墙之隔，却感觉像是有十万八千里 ——所谓的咫尺天涯，不过如此。

/ 11 /

第二天，思思很早就走了，没有跟我告别，只是在微信给我留了一句话：

“是我对不起你，我不想爱了，我累了，你是个好人，祝你幸福！”

看到思思的留言，我足足愣了十几秒，然后鼻子一酸，眼泪无声地滑落了下来。已经忘了有多少年没哭过了，这次我终于还是忍不住，失声痛哭了起来。

我完全不敢相信，这段跨越了3000多公里的爱情，最终却倒在了最后的30多公里上。

从大学第一次见面，到我第一次出国时她哭着抱着我不肯放手，再到异国恋时我为了哄她开心在电话里说的一个又一个不好笑的笑话……过去的回忆像是倒带一般，在我的脑海中不断地闪现。

后来，忘了是怎样上的车，只知道回忆太重了，压得我快喘不过气来。回来的路上，我还是不敢相信木已成舟，思思的一切已经跟我没关系了。我一直没想明白，到底是因为什么，才让我们的爱情走到了尽头？

是因为清华男的出现？

还是因为两年的异地恋早把我们的爱情损耗殆尽？

抑或是我们都太年轻，不懂得珍惜？

……

想到最后，我甚至萌生了一个恶毒的念头，干脆把思思调回国内好了。我想看看，她跟清华男之间，如果确实产生了感情的话，将如何跨越这漫漫的3000多公里。

/ 12 /

终于，天还是放晴了，清晨的第一缕阳光，从云中探了出来，照在了回去的路上。

我给思思写了一条长长的微信，然后又删掉了，重新打，再次删掉了，重复了好几次，终究还是放弃了，然后狠狠地把手机扔出了窗外。

靠着窗边，晨风扑面吹来，带来了一丝难得的凉意，我看着头顶那越来越刺眼的朝阳，陷入到了漫无边际的思绪中。我心想，当年那个在电话里跟我哭泣说爱我的女孩是真的，现在这个在微信里冷冷地跟我说分手的女人也是真的……只是，过去的一切都已经过去了，正如昨夜的雨，正如今晨的风，以及那些年我们滚烫、炙热亦无悔的青春。

你曾是我生命中最美的天使

/ 1 /

我有一个师兄，身高 1 米 78，人长得是玉树临风，潇洒倜傥，甚似《微微一笑很倾城》里的一笑奈何。

在这个颜值即正义的时代，人长成这样就算了，他居然用业余时间，把钢琴玩到了八级，吉他也是弹得出神入化，甚至做过宝洁中华区副总裁的私教。

如果不是因为当时我有女朋友，而且女朋友一直对我挺好的，我一定会去泰国变性，真心诚意地撩一把师兄。后来，好不容易等到女友红杏出墙了，我恢复了久违的单身，师兄却处了对象。而且江湖还传言，他们是天造地设的一对。对此，我一开始还是各种不服，可当我见到嫂子的真身后，也就只剩下祝福的份了。

师兄的女朋友跟我同届，岭南学院的院花，怎么好看就不形容了，总之有“岭院高圆圆”之称——由于本文是由真实故事改编，为防止大家对号入座，接下来我们就索性称她为“圆圆”吧。

圆圆从大二开始喜欢师兄，这一点其实没什么好说的。师兄当时在学校的娱乐圈，俨然是一个风云人物，人长得也没什么好说的，前文已特别交代，比赵又廷有过之无不及，简直就是一个移动的荷尔蒙，喜欢他的姑娘足以坐满一个小型的演唱会。

师兄从大二开始，便组了个乐队，在学校公开演出，到大三时，已经小有名气了。大概一个月在学校折腾一次，平时就去酒吧驻唱，或出去接商演，赚了不少的外快。

不过，这点小钱师兄也不缺，他最大的梦想是做一名歌手，发行一张专辑。

圆圆一直是师兄的铁杆粉丝，每次演出前，都会忙里忙外，用尽倾世容颜地四处宣传。

每当演出时，她则会早早地坐在第一排，用无比景仰的眼神看着师兄，跟着师兄 HIGH 翻全场。

对于他们的明天，会是如何的幸福和美满，我们都不太怀疑。但如你所料，生活总会让你措手不及，多少的天作之合抵不过有缘无分。

/ 2 /

大四毕业后，师兄放弃了一个不错的去北京的机会，选择继续留守广州。原因很简单，他不想异地恋，不想尝试那种“你别哭，我抱不到你”的感觉。

圆圆很感动，一度在朋友圈里晒过无数次，因为她觉得，在师兄所计划的未来里，一直就有自己。然而，广州的流行音乐环境毕竟较差，机会不多，师兄的寻梦之路，并不是很顺利，未来似乎一片迷惘。

很快地，圆圆也毕业了，并顺势搬进了师兄的出租屋，两人开始扎扎实实地过起了小日子。

一开始，日子过得还算风平浪静。然而，时间一晃就是三年，圆圆慢慢开始觉得，师兄的歌手梦似乎太过虚无缥缈了。这个世界能唱的人太多了，没有背景，终究是难以出头。

此外，不管是亲朋好友，还是同学闺蜜，都在劝她，搞音乐的人是不适合做老公的，只适合做男友，他们要么一辈子出不了头，让你跟着煎熬一生；要么侥幸出头了，就把你当衣服一样甩。

当然最重要的是，圆圆一直希望早点成家，置个房子，生群宝宝，但师兄却想等多几年，说现在还早，想再努力奋斗个几年（具体几年也没说），等自己的歌手梦更靠谱些。

为此，他们吵过无多次，也嚷过无数次的分手（光我明里暗里去劝就劝过三次）。曾经坚如磐石的爱情，在现实的磕磕碰碰中，慢慢地有了裂缝。

终于有一天，师兄去参加《中国好声音》，圆圆陪他一起。师兄成功晋级了第一轮，而且晋级的时候，有三个导师转身，他似乎看到了梦想成真的可能。

参加 PK 赛的当晚，圆圆没有出席，因为她的姐姐突然流产了，医院说具体原因未明，但跟年纪大有很大的关系，现在需要好好保养，以免后面习惯性流产。

这对圆圆的打击非常大，一来因为从小到大，姐姐就非常照顾她，她们既是最亲的姐妹，也是最好的闺蜜；二来她想到了自己，比姐姐不过小两岁而已，年岁正在疯长，而且还没看到成婚的可能，更别说生宝宝了。为此，她跟师兄大吵一架，然后就连夜回去照顾姐姐了。

从杭州回来的那晚，已经晚上 11 点了，师兄没回自己的出租屋，而是第一时间找到了我，让我陪他喝酒，另外还叫了两个妞。

我们一行四人，去到了学校附近的大排档，那是我们以前经常拼酒吹牛的地方。期间，他一句话都没说，我们也不敢问，直到我们点好酒菜，各自坐好，师兄一口气闷完两瓶珠江啤酒，这才开了口：

“我的梦想和爱人，都他妈的丢了！”

/ 3 /

因为在比赛的前夕，圆圆因为姐姐流产之事跟师兄大吵了一顿，师兄也非常生气，说你姐姐流产怎么怪在我头上，真想找人出气找你姐夫啊！

圆圆愤怒地回应道，怪我姐夫干吗！人家好歹有种怀孕，不像某些人！

……

结果就这样，师兄的情绪受到了极大的影响，发挥欠佳，惨遭淘汰。

从节目现场出来后，他第一时间跟圆圆打电话，愤怒地指责她在关键的时候，还跟自己吵架，根本不支持自己的梦想。结果两人又大吵了一架，吵到后来，圆圆直接在电话里提出了分手。

/ 4 /

所谓覆水难收，在毕业后的第三年，圆圆正式离开广州，回老家了。家里人的手脚也是麻利，二话不说，就给她安排了一大堆的相亲对象。很快，她便从中选了一个。

我也参加了婚礼，老公是一个有钱的主，公务员，处级干部，比圆圆大 5 岁，看起来就是那种稳重靠谱，乐意过安生日子的老实人。

本来婚礼我是不想去的，不过师兄三番五次问我去不去。无奈之下，我只能走一趟，帮他看看人儿。

我说，你应该去抢亲的。你这么帅，影视剧里绝逼是主角，肯定一抢一个准。我以后结婚，也绝对不敢邀请你做我的伴郎。

师兄苦笑一声，你当真看偶像剧看多了？我像是那种傻乎乎的人吗？

说完便陷入了沉思。

等过了半晌，他又追问道，你真心觉得抢亲靠谱吗？

结婚选的日子，是普天同庆的国庆节。那几天，本来就是挨着中秋，假期多，商业活动也多，师兄几乎每天都没有闲着，天天走场，晚上回去的路上，头一沾出租车椅背就睡，回到家则一沾床就睡，有时候澡不洗，衣服也不脱，甚至内裤都不换……他试图用这样的忙碌，去冲刷那份植根于内心的痛苦。

一个月后，在他们曾经租的房子，一个保洁阿姨住了进来。这个阿姨比师兄大了15岁，离异人士，有一个女儿在老家上小学。

我去师兄那儿的时候，见过几次，长得很一般，典型的朴实型中年大妈，不爱说话，但慈眉善目，如果说唯一值得提的一点就是，胸大如斗，且有轻微下垂。

在圆圆搬走后的第三个月，某天晚上，晚上一点多时，我正在挑灯写作，突然收到了师兄的微信：

"今天我生日。"

我顿时一阵狂晕，都几点了，不会是现在让我过去给他买蛋糕庆生吧。所幸不是，不过接下来的微信，却让我更为震惊：

"我晚上喝了点，跟阿姨睡在了一起。"

/ 5 /

收到师兄微信的那一刻，我完全蒙了，第一个念头是怀疑自己还在做梦，其次是怀疑他的手机被盗了，别人给发的恶作剧。

须知道，这是师兄的第一次。他曾经发过誓，歌手梦没上轨道，绝不破处。

那一夜，师兄过完生日刚满 25，阿姨 40 岁。

此后，阿姨开始照顾师兄的生活起居，不到半个月，就把他照顾得白白胖胖的，一点都没有追梦青年的样子。

而且一有时间，阿姨就会去看师兄的演出。不过跟圆圆不一样的是，她一般都是远远地看着，不走近，眼神长情而专注，有时候一站就是一个晚上，不管刮风下雨。

最有趣的是，自从勾搭上阿姨后，师兄的歌唱梦似乎越来越顺。从小型的学校演出，到中型的歌唱会，再到后来发行了第一张专辑，而且还陆续有一些影视制片商找上门……正所谓昨夜西风凋碧树，独上高楼，望尽天涯路。师兄经过这么多年的折腾，把真爱都折腾没了，如今总算是正式入行，确实是满满的辛酸泪。

不过，终于有一天，师兄找到了我，问我怎么办。

我说能怎么办，你的大女朋友（师兄从未公开承认过），在你最困难的时候，给了你最大的支持。你该不会要甩她而去吧？

“确实，她给我带来了很多的好运，给了我很大的力量。但我们不可能结婚啊，我爸妈非杀了我不可，而且我粉丝知道了怎么办？！”

"行了！”我打断道，“其实你知道你要的答案，在你的所有的陈述中，没有一个理由是为你们能在一起而找的。”

……

/ 6 /

2014 年的平安夜，天空下着密密的雨，带来了阵阵的寒意，我正准备平安就寝，就接到了师兄的电话：

她似乎感觉到了什么，今天不辞而别了，带走了所有属于她的东西，还有我的一张专辑。只留下一张银行卡，里面的钱是之前我陆陆续续给她的。

她的电话打不通，微信也删了，所有联系方式都没了。在这个特别的夜晚，她选择了用这种方式离开，不留一点退路，仿佛蓄谋已久，就此人间蒸发。我知道你肯定会骂我人渣，因为我就是人渣，我现在已经后悔了……

我给你打电话的目的，是希望有一天，你可以把我跟她的故事写下来，我希望你告诉这个世界，这个世界其实是有天使的，哪怕她上了年纪，哪怕她其貌不扬，也没有翅膀，哪怕她一直从事着世间最平凡而卑微的工作……

秋锁

秋天是我这辈子以来，见过的尝试过最多方式自杀的人。

重点是，从第一次自杀到今天，已经快 9 年了，她依旧活着，活得如夏花般灿烂，如秋月般恬淡。

所以必须承认，在杀死自己方面，秋天并没有什么天赋。

1. 秋锁

“无言独上高楼，月如钩，寂寞梧桐深院锁清秋。”

认识秋天得从 2007 年开始说起。

如果没记错的话，那一定是在秋天（虽说广州的秋天像是姑娘们夏天的裙子一样，短到可忽略不计），因为大四刚开学不久，我跟所有不打算考研而且坚信“笨鸟先飞”的应届毕业生一样，早早便开启了苦逼的找工作之旅。

记得那天晚上，天阶夜色凉如水，秋天只身一人，杀到我们学校，参加欧莱雅一年一度的校园宣讲会——需要补充的一点是，像这种在行业内数一数二的500强外企，而且还是以福利好又注重浪漫休闲的法国公司，一般招的都是些牛人，什么学生会的骨灰级干部啊，或是多年院系奖学金的获得者啊，抑或是英语说得跟绕口令一样顺溜的变态学霸啊。

而像我这种，四年来挣扎于挂科和留级边缘的陪跑选手，无非是过去充当炮灰和分母的，自然不会傻到去自取其辱。

不过那天，凑巧宿舍停电了，而且凑巧我刚睡醒了一大觉，最主要还凑巧我肚子饿了而吃消夜的地方需要经过宣讲会的小礼堂——所以王家卫曾说过的“世间所有的相遇，都是久别重逢”，一定是扯淡的。如果让我来说的话，我会说：“世间所有的相遇，都是凑巧的N次方结果”。

秋天这辈子跟我说的第一句话，就是：同学，你好！因为她要管我问路。

我见她也不像是坏人，而且穿着打扮也不像是类似于某莞出品的“坏女人”，最主要是这妞长得还行，身高已经不知羞耻地赶上了我（我发誓她肯定穿了高跟鞋），而且还是呈S形发展，于是便不假思索地说道，我刚好也要去那儿，要不你跟我走呗。

认识我的朋友都知道，我是一个内向的人，不善言辞，特别是面对那些如颜如玉般的姑娘（而且海拔还比我高），更恨不得立马回到“语言贫瘠到需借助手语”的类人猿时代。

所幸的是，那天刚好下着微微的雨，秋雨夹着秋风，灯色裹着夜色，正好掩盖了我的羞涩和不安。

两个多小时的宣讲会，居然很快就宣完了（以前我怎么觉得宣讲会都跟国产恐怖片一样无趣而冗长呢）。天色也不早了，我“被迫”把秋天送去校门口的公交站。当然，如果她愿意，我完全不介意把她送回20个站之远的广外宿舍门口。

临上车前，非常不幸的是，我们互换了QQ——至于为什么说是不幸，而且还加了个“非常”作为前缀，接下来你就知道了。

有了QQ之后，我跟秋天的关系如同那年开始的楼市一样，稳步而快速地增长着。

我们分享了彼此的找工作心得、毕业感悟和人生理想，我们还相约一起去过不少的企业宣讲会，高校的招聘会以及某些专场见面会，关系似乎朝着我想要的方向发展。

不过后来的事实表明，我想多了——当然，这不能怪我，作为一名当时正处在荷尔蒙max的屌丝青年，对姑娘

“想多”是我的生物属性。

国庆过后不久，秋天跟我约了个饭局，说要跟我郑重地宣布一个消息。

我欣喜若狂，还专门上淘宝买了一件过千好评的明星同款上衣，再整了个梁朝伟同款发型，可谓是精心打扮，盛装出席。

结果在饭局上，她却一脸苦恼地跟我说，从大二便开始喜欢的一个同班同学，前几天总算答应跟她在一起了。

闻此噩耗，我的内心顿时一阵翻江倒海。

所幸的是，几个月来上千次的面试早已把我训练得脸皮深厚到足以“深藏功与名”，所以我面不改色地说道，笨蛋！那你赶紧答应啊。

“我立马答应了啊！”

“那你还找我干吗，晒幸福啊。”

“当然不是了，是因为我打听到他还有一个女朋友，在外地上学，不过他偷偷瞒着我。我现在不知道怎么办。”

“那能怎么办，这种劈腿的人渣，当然是离得越远越好啊。”我重新看到了希望。

……

聊到后来，酒过三巡，我还是坚持我的建议——千万别在一起。就算死活要在一起，也要等他把自己洗白了再说。

做小三虽说也有成功上位的可能性，但后果不是人人可以承受的……

然而，虽然我劝得是声情并茂、苦口婆心，并结合各种身边亲友、古今中外文学作品和影视剧案例，可秋天只是默默地听着，静静地点着头，并幽幽地用茫然的眼神看着我，像是在看一个来自星星的欧巴——哦，不是，是怪物。

结果如你所知，女孩子千辛万苦地找朋友要建议，从来就不是为了要人生忠告和行动指南，而只是为了找人倾诉而已。

很快，秋天就跟那个男的（看来此公还能活到第二集，而且出场率还挺高的，为方便阅读，下面简称为 Z 男吧）厮守在了一起，爱得是天昏地暗日月无光的（要我说根本就是飞蛾扑火，NO ZUO NO DIE），而且最无语的是，他俩在吸收了爱情的力量后，双双找到了一份不错的工作。而那时候的我，却跟雾霾时的广州一样，混沌而迷惘。

对了，Z 男找的是一家知名外企做咨询，秋天则是在建设银行做管培，工作地点都在广州，在可以预见的未来，他们会一起在这座城市买个房子，生个胖娃，并过上教科书式的幸福日子……然而，非常遗憾的是，突然有一天，秋天便报出了“喜”事。

记得那时离毕业还不到两个月，Z 男用不容拒绝的语调命令道，把孩子打掉，晚上就去，我陪你去。

秋天一开始只是情面上的不愿意，心理上也是认同的——傻子都知道，目前并非生BB的最好时机，所以她此刻最需要的是好言相劝和贴心安慰而已。

怎料，我们的Z男明显缺乏幽默感（换了是我，估计也早蒙圈了），见秋天不听劝，于是便直接补上威胁一刀："如果不打掉就立刻分手！"说完就跟秋天断掉了一切联系。

闻此噩耗，秋天顿时好似雷轰顶，爱情的信仰也如同刚被爆破的烂尾楼一样，轰然崩塌。

2. 秋杀

"君临八表，子育群生，合天覆地载之德，顺春生秋杀之令。"

秋天第一次自杀是发生在2007年的平安夜。

那天晚上，像往年的平安夜一样，我闷在宿舍里，对着电脑，听了一晚的《Lonely Chrismas》——不过严格来说，是跟往年平安夜的10点前一样。大概挨着11点的时候，我意外地接到了秋天的电话。

电话里，她直截了当地问我有没有空，陪她坐一会儿。

本来我还在犹豫（如你所知，此刻这个点是没有公交的，打车过去需要花费我当时一个月的交通费），可当我听到她话音结束后隐约传来的哭腔时，我便大义凛然地说了一句你等我，然后便挂了电话。

也不知道是喝多了还是赶着回家睡觉，的士司机带着我是风驰电掣，一路狂飙，为路人侧目，尽显《速度与激情》，待我们平安抵达广外时，还不到12点。

秋天就站在门口等我，穿着一身白白的类似于睡裙的连体衣，脚上穿着拖鞋，头发长长的，在月光下跟女鬼差不多。

门口的小保安，见我把阴郁而美丽的女鬼接走，顿时露出了狐疑而遗憾的神情。

我原以为秋天见到我这么快杀到，会像电视剧里的剧情那样，扑在我怀里痛哭一场，结果她只是面无表情地说了一句，你来了。

我点了点头，挤出了一丝笑容。然后她就一声不吭地朝大马路的方向走去，我跟在后面。

走到红绿灯的时候，她停了下来。这个点来往的车辆不是很多。半支烟的工夫后，绿灯亮了，可秋天还是没动静，只是呆呆地看着路边的尽头，眼神有些迷离，像是在等一个遥不可及的梦。

我心想她应该是在等的士吧，而不是过马路。

又过了半支烟的工夫，换回了红灯，的士还没来（早知道就让刚刚那个的哥等多一下好了），只见远方开来了一辆小轿车。这时候，秋天突然像是下定了决心一样，坚定地往马路中央走去，而且越走越快，最后干脆停在了路中央。

我还没反应过来，那个小轿车已经杀到了跟前——所幸车主一没酒驾，二没犯困，而是来了个惊天大急刹，紧跟着的则是一串愤怒到足以刺穿黑夜的鸣笛声。随后，车子内探出一个男人的头，怒骂了几句“想死死一边去”，然后迅速绕过秋天，呼啸而去。

如你所知，这是秋天第一次试图自杀，发生在电光火石之间，让当时还是“院运动会短跑冠军”的我都猝不及防。

当晚后来，我惊魂未定地把秋天送到了医院。所幸的是，不是因为她再次尝试自杀，而是因为她说，既然已经尝试过一次杀人了，再杀一次也无所谓——言下之意，就是有勇气跟肚子里的宝宝告别了。

然而，两个礼拜后，再次从秋天宿舍传来噩耗（自从上次她试图自杀之后，我把她舍友的QQ和手机都加了一遍，再三吩咐一有风吹草动就跟我说，一人爆料，全舍有奖，而且就算误报了也无所谓）。

她舍友告诉我，秋天刚在宿舍冲凉房里割腕了，流了满地的血，刚送去医院，你赶紧过去看看吧！

到医院的时候，我没有见到秋天，倒是看到了她的男友。

人长得高高的，戴副无边框眼镜，一看就是副精明能干的样子，据说还是个不太富的富二代。在医院的走廊上，我们简单地聊了几句。

我说，你能够来看她，她应该挺开心的。

"是的，可这改变不了什么，而且会让结果变得更糟。"

果不其然，这厮还是有着很好的预见性。

经过上次自杀和堕胎事件之后，秋天的精神状况似乎越来越糟糕，而且在自杀方面，她好像总是有无限的创意。

在接下来的半年多里，她分别以跳江、吃安眠药和跳楼的方式尝试自杀，结果均未成功。

跳江没选好时间，赶上的上下班高峰期，给会游泳的路人捞了上来；

安眠药的话，吃了十几颗不但没死，连睡都没睡，也不知道是不是卖药的拿错了，给换成了维生素；

至于跳楼这种看似必死无疑的死法，就更是有戏剧性了，她原本想跑去 Z 男的宿舍那儿去跳的，结果刚上到宿舍没多久就给人拦了下来，还把她臭骂了一顿，一下子毁掉了她跳楼的心情。

……

这一番折腾后，秋天总会领悟到了上天的好意，而且她那忙碌到有时候过年都见不到人影的老妈，突然说要来广州旅游，并且一游就游了十几天。秋天被迫跟老妈在一起吃喝玩乐，到处闲逛，情绪也慢慢地平复了一些。

3. 秋思

“红藕香残玉蕈秋，轻解罗裳，独上兰舟。云中谁寄锦书来？雁字回时，月满西楼。”

2008 年的如火六月总算到来，秋天没有参加毕业典礼，她说她不想见到 Z 男。

这一点我倒是认同，然后我就跟她开玩笑说，混进我那里参加我们的毕业典礼好了。

没想到这丫头，还真的在那天租了套衣服就跑了过来，而且除了藏进了我们的院系大合照之外，还疯狂找不认识的路人拍照，玩得是不亦乐乎。考虑很多同学大学四年来没上过什么课的，别说院系同学，就是班级同学也未必认得齐，所以居然没有人怀疑她的存在。

当天晚上，我没跟同学聚餐，而是陪秋天去了珠江边吃饭。

她跟我说，原来想一个人想得太深的话，心真的会疼，甚至每呼吸一次都会疼。而且最主要的是，不知道什么时候才能结束这样的日子。

我略显苍白地劝着她，希望她早日解开心中的那把锁。

秋天说，这把锁只有上锁的那个人才有钥匙，而且钥匙只有一把，你告诉我怎么解？

有意思的是，后来我才知道，那天Z男根本没回来参加毕业典礼，说是要出差，我估计是怕见到秋天。

毕业后的两年里，秋天陆续做了几份工作：从卖内衣，到护肤品，再到LV仿包，均不是很久。因为这段时间，她依旧沉溺于过去的恋情中，“心里住着一个不可能”，工作的热情始终不高，也找不到工作的意义在哪儿——用她的话来说是，如果不能跟自己爱的人在一起，生活还有什么意义。

期间有一次，她感冒了，随后又成功地发展成了高烧。但这丫头像是疯了一样，不但不肯去医院，也不肯吃药，还非要拉着我去酒吧喝酒，而且数九寒天的，硬是要穿齐臀超短裙满世界游荡。

我跟她说，你腿这么白这么长这么美，你忍心把自己折腾死？！

她说，那最好不过了，早就生无可恋了。顾城好像有一首诗，是这样说的，我从没被谁知道，所以也没被谁忘记。在别人的回忆中生活，并不是我的目的。

“你这样我可报警了，或者报你妈！”

“你要是敢报任何人，我立马去跳楼把自己报销了。当然，做鬼后也会第一时间把你报废！”

后来，秋天居然奇迹般地没把自己烧死。为此，我差点没丢掉饭碗，因为在公司最忙碌的时候，我一连请了好几天的假去照顾她。

2010 年的平安夜，我意外地接到了 Z 男的电话。他很诚恳地请求我，这两天帮忙照顾下秋天。

原来秋天前几天又忍不住，想约 Z 男出来，结果 Z 男跟她说，他有女友了，以后不要烦他了，很感激她的爱，但那都已经过去了。

知道 Z 男有女友后，秋天开始没日没夜地工作，吃得也不多，觉也不怎么睡，晚上要么加班要么就看韩剧，看来她找到了新的自杀方法——把自己累死。

所幸的是，广州的这个冬天不是很漫长。待到第二年的春天刚到，万物生长之季，秋天便彻底地想通了，并决定辞职，说要出去走走。

我开玩笑地说，好啊，出去走走最好了。上帝用 7 天造人，你用了七种方式尝试把自己还给上帝，人家都不搭理你，那就好好去玩吧。

其实在那一刻，我心里最想对秋天说的话是，要不我跟你一起去？

要知道，秋天的出游，虽说是一件好事，但其实也挺让人担心，我怕她一个人在异国他乡，再次想不开时，没有人在身旁。另一方面，在她最难过之时，我没能乘机而入，看来以后是更加机会渺茫了。

送秋天登机后，我本想给她发一句诗，后来想了想，还是没发，转而发在了朋友圈，不知道她有没有看到。诗来自法国诗人保罗·瓦勒里的《海滨墓园》，宫崎骏也曾在其“收官之作”《起风了》引用过：

“起风了，唯有努力试着活下去。”

秋天的第一站是台湾，跑了日月潭和青青草原，随后去了日本和泰国，后来发现亚洲已经不能治疗她的伤口，就飞去了欧洲的荷兰。她说那里是婚姻体制最自由的地方。

她每到一个新的城市，都会给我寄一张明信片。

我说你怎么还这么复古，都什么年代了，还寄什么鬼明信片！而且重点是，明信片上从来都是这么四个字：朕安勿挂。

她说，爱要不要，下回不给你寄了！

结果下次她还是会寄。

秋天去清迈的时候，我认识了一个姑娘。此人是秋天的舍友，是一个地道的好姑娘，东北人，皮肤白，有酒窝，性格爽直。我们是因为秋天认识的，但却又恰恰因为秋天，我们始终没办法走进彼此的心里。

我们差不多每周见一次，看个电影，逛个书店，做个小爱，在一起发生过几次关系，性生活还是非常和谐的。这样的关系说是男女朋友，好像也不怎么亲密，说是炮友又完全不是，只能说是介乎两者之间。

终于有一天，她还是爆发了。

“你还在等秋天？！”

我没吱声，算是默认了。

“你救得了她的人，救不了她的心。因为你不是那个解锁的人。最可笑的是，她这么多次自杀未遂，却从没有想过是因为你在暗自帮她，这么傻的女人你都喜欢？！”

……

吵到后来，把老天爷都吵烦了，突然下起了大雨，她倒是很应景地冲出了家门，头也不回地走了，留我一个人在原地茫然若失。

或许她说得对，跟秋天一样，在我的心底也有一把锁，而且钥匙也只有一把，唯有上锁的那个人方能打开。

4. 秋月

“薄妆桃脸，满面纵横花靥。艳情多，绶带盘金缕，轻裙透碧罗。含羞眉乍敛，微语笑相和。不会频偷眼，意如何？秋宵秋月，一朵荷花初发。”

2012年，一个偶然的机会，我认识了一个叫小玉的姑娘（也有可能叫小鱼，记不太清了）。而且让我无比震惊的是，她居然是Z男女友的闺蜜，我顿时萌生了一个恶毒的念想。

如你所知，毕业都五年了，我早不是当初那个不善言辞、不修边幅和不解风情的懵懂青年了。如今的我，常年浸淫在职场的人际关系中，而且这几年做的都是护肤品行业，所谓“美丽事业”，术业有专攻，对女性的心理也有了深入的了解。

很快地，我便把Z男的女友追到了手，Z男也再次恢复了单身。而且很快地，我便从秋天那里得知，Z男居然破天荒找过她——要知道，这还是毕业之后，他第一次主动找她。

我心想，这下终于守得云开见月明，秋天有希望解开这把缠绕了她九年的心锁了。可没想到的是，秋天说当Z男主动找她的那一刻起，她便真正地放下了。

与此同时，原本早该回国的秋天却一拖再拖。我问她为什么，她说等我回来就知道了。

2014年的秋天，在我的望穿秋水之余，秋天终于回国了，并且这一次，她决定再也不走了。原因很简单，也很让人无语，她带回了一个荷兰男友。

回国后，秋天跟荷兰男友创办了一个物流公司，做跨境运输。这东西听起来挺冷门的，但却再一次见证了中西结合的力量，他们的公司很快就走上了轨道，赚得是盆满钵满的。

两年后，早已荣升为企业高管的Z男也结婚了，在广州的珠江新城买了套房子。而我却依旧身无所依，一事无成，未来像是雾霾天的广州城一样，混沌而迷惘。

记得，在电影《天下无双》里，有这么一句话："很多时候，爱一个人爱得太深，人会醉，而恨得太久，心也容易碎。"

去年的平安夜，我意外地收到了秋天的邀请，她说她要结婚了。那一刹那，我似乎听到了心碎的声音。与此同时，一把缠绕多年的锁也随之打开了，"我一直以为我会成为她的天下无双，可没想到，她不过是我的一厢情愿。"

空荡荡的房间，陈奕迅的《Lonely Christmas》在循环地播放着。夜风习习，带来了阵阵的凉意，也带我回到了九年前的那个晚上。

两个洋溢着青春气息的学生，走在静谧的校道上，天空下着密密的秋雨，路灯是如此昏黄，却让人感到温暖如醉，他们迎着夜风，越走越远，越走越迷糊，直到跟青春一起，永远地消失在了路的尽头。

小男孩，大女孩

/ 1 /

十二年前，夜，记得是深夜。

南方，某座貌不惊人的小城。学校，大门口往右数起，第七棵的桂花树旁。一个亭亭玉立的女孩，站在时隐乍现的夜风中，像是站在了王家卫的长镜头下。

风像是个刚吃饱的娃，顽皮地吹耍着她的长发，吹摆着女孩的裙尾，更吹乱了她的思绪。

一个身着校服的男孩，立在女孩身边不到 30 厘米的距离，安静地听她说起那过去相遇、今时相恋以及明天相离的点点滴滴……说到后来，女孩的话越来越少，声音越来越细，左顾右盼，欲言又止，最后还是忍不住开了口。

“能给我……给我……一个吻吗？初吻。我想把它永远地留在这个 18 岁的夏天。”

男孩有些惊讶，也不知道是愣住了，还是认真地想了想，再想了想，随后跨过了 30 厘米的距离，淡淡的却又分外理智地亲了亲女孩额头，然后一把将她抱入怀中，紧紧的，严实的，像是一个溺水者突然撞上了救生圈。

待到氧气换足呼吸匀畅后，男孩便凑在女孩的耳边，小心翼翼地说了一句，我不配。

话音未落，女孩的泪珠已经落下。语音虽轻，却震得整个夜空在回响。

顷刻过后，女孩全身颤抖着坚持道：我只想要一个吻而已，不管未来如何，也无论我们有没有以后。

一股莫名的难过，如泉水般从男孩的心底涌出，把他轻易地淹没，就像过去一年来被铺天盖地的高考题海所淹没一样。

然而，他始终没有答应。

也不知道过了多久，女孩从男孩的怀抱中挣扎了出来，就像是从泥潭、漩涡甚至黑洞里逃出来一样。只见她慢慢转身，毅然离去，加快脚步，却突然逐步慢下，并在走回到第一棵树时，彻底地停了下来，似乎这棵树才是她真正要去的目的地。

月亮恰如其分地探出了脑袋，交织着橘黄色的路灯，恣意地洒在女孩身上，形成了一层淡淡的雾气，并在地面上留下了一个孤独的影子，给人一种恍如隔世的感觉。

男孩深深地叹了口气，没有过去，想了想，顿了顿，等了等，再等了等……也不知道过了多久，终究，还是转身离开了。

记得那晚没有下雨，但姑娘的心，跟胸前的衣裳一样沾满了泪水，轻易便淋湿了这个十八岁的夜晚。

/ 2 /

毕业后，小男孩长大了一些，去了他一直想去的大城市。每天到晚，他除了例行上课吃饭之外，就忙碌地穿梭在绿茵场、图书馆和各种社团活动之间。

在某个特别平常的雨夜，男孩很惊讶地接到了女孩的电话，接起后更惊讶，因为是女孩的舍友打来的。

对方说，你是那谁谁谁么。男孩说我是那谁谁谁。电话那边的声音很急促，说女孩想不开，跳湖了！你火速过来吧！她现在就在医院，还在昏迷中，不过却一直在喊你的名字。我们是从她的手机里找到你电话的。

男孩顿时愣住了，大脑一片空白。

女孩所在的城市离他大概有300公里的距离。男孩用了30分钟的时间去考虑，在这样一个暴雨过后并且接近凌晨的夜晚，是否有必要跨越那300公里的距离，去陪伴一个已经两年未见以至快从回忆中消逝的姑娘？

最终，他还是选择了留守。当晚手机一直开着机，虽然手机再也没响过，可他却在夜里惊醒了十几回。

每次惊醒，男孩都重复告诉自己，这才是对女孩最大的慈悲，也只有这样，才能让她真正地放下。

/ 3 /

两年后，男孩大学毕业，邀请女孩前来参加毕业典礼。女孩答应了，不过最后却爽约了，理由是那天太晒了。

对了，那天的确很晒，天空好像多了一个太阳，地面好像多了一层热土，可来拍毕业照的朋友特别多，有大学的、中学的，甚至还有小学同桌；有亲戚、女友，甚至还有300公里外的网友……男孩很开心，非常开心——至少从照片上去看是这样的。

等到夕阳快落山之时，男孩意外地收到了一个快递。打开一看，居然是女孩寄过来的，而且还是一包情书，写满了对他的思念和爱，一共有四十八封——从文末所署的日期来看，应该是每月一封，一共持续了四年。

当晚，在送走了所有朋友后，男孩便扛着两打冰冻的珠江啤酒，挨个宿舍去敲门，在敲到第七间宿舍的时候，他成功地让自己断片了。

断片之前的 0.01 秒，他发誓从今以后滴酒不沾。

/ 4 /

一不小心，时间便到了 2010 年。

这一年是男孩的本命年，正所谓“本命年犯太岁，太岁当头坐，无喜必有祸”。而这一年来，男孩所犯的最大太岁就是爱情了。

在某个阳光惨淡的入秋时刻，交往了两年零三个月又七天的女友正式宣布跟他分道扬镳，给出的理由是：男孩不够爱他，甚至他压根就不曾爱过她。

本来听到这儿，男孩以为还有戏，脑海中，也迅速酝酿出了几十个生动形象并且足以写进教科书的案例，以证明自己的情深似海。

“我已经跟另外一个人好上了。一个真正爱我的男人。”可没想到，女友根本不给他机会，说到“男人”两字时还特别加重了语气。

在伤心了两个礼拜后，男孩正式迎来了自己的二十四岁生日。为了早日走出阴影，男孩搞了一个Party，邀请了一大帮的朋友，同学，同事。朋友们还算给力，不但悉数出席，而且还来多了一个。

记得那天晚上，当穿着白色连衣裙的女孩笑脸盈盈捧着礼物立在门口时，男孩有一种坠入梦里的错觉。那一刹那，他那小小的心脏居然如同十年前第一次见女孩那样小鹿乱撞。

当晚的生日Party很成功，大家都玩得很尽兴，玩了蛋糕还玩水仗，叙旧的同时还拼命续杯，一直闹到了12点，大家才开始陆续散去。女孩是最后走的，男孩计划把她送上的士。

记得那晚的风很大，风声呼呼作响，满地的落叶不断被翻起，带着一份肃杀的江湖气。那一刻，他希望能够一直走下去，跟女孩就这样一直地走出江湖，走进彼此的世界。

不过很快，一辆宝马730Li就大煞风景地停在了他们旁边，随后走下一个异常高大而且更煞风景的中年男子。

女孩跟男孩介绍说，这是她的男友。那个男人非常有礼貌性地笑了笑，笑脸灿烂到让人恨不得一拳揍上去。所幸，男人笑完后就直接回到了车里，没再说什么，女孩紧跟着上了车。

直到后来，他才知道，女孩的男友是个芬兰华裔，目前在国内做外贸生意，据说做得还不错。

当晚，他梦到了年青时候的女孩，梦到了高中毕业前那个月光皎洁得如同白昼的夜晚，也梦到了学校门口那条小小的却永远清澈的河流。

/ 5 /

时间如白驹过隙般，继续往前走。那是立秋前的最后一个夏日，台北，士林夜市，男孩独自出差在外，看着街边川流不息的成双成对，内心升起一股莫名的孤寂，眼前的喧哗似乎都跟他无关。

就在这时，在夜色笼罩下的茫茫人海和各种蚵仔煎、香煎猪扒以及大肠包小肠等小吃的扑鼻香味中，他突然撞见了已经三年不见的女孩。

头顶着异常明媚的台岛月亮，女孩如同兰若寺的小倩一样出现在男孩面前，男孩则跟见了鬼一般惊讶。这世间，居然有这般的巧合，堪比那最恶俗的电视剧，但却让人有着最虔诚和美妙的感动。

那天晚上，他们一起吃、喝、再吃、再喝、看电影、再再吃、逛书店，再再喝……当晚更是睡在了一起，尽享鱼水之欢。恍然间认识了十几年，他们总算近乎宗教式地彼此交融了。

看着身边这个早已安然入睡的姑娘，男孩以为，或者也可以说是坚信，他们会永远在一起，再也不会分开——他是带着劫后余生的心情去这样想的。

然而，第二天起来的男孩，却惊讶地发现，女孩居然不见了，电话也是关机中，仿佛凭空消失了一般，仿佛昨晚的一切都是一场梦。

/ 6 /

2015年的8月20日，七夕佳节，男孩再次出差在外，晚上在酒店里独自刷了十几遍朋友圈后，发现《滚蛋吧，肿瘤君》的出镜率最高，当下决定去支持个午夜场。

当看到熊顿发现男友劈腿并躲在饭桌下时，他收到了一条非常长的匿名短信：

是我。我明天就要去芬兰了，此去经年，不知道还会不会回来……真头疼，直到最后一晚，我依旧不知道该不该去，也不知道有没有足够的理由不去。

跟你说一个秘密吧，两年前的台北见面其实不是偶然，那是我准备答应男友求婚前的一周。我想办法知道了你行踪，然后恰当地出现在了应该出现的地方……哈哈，没想到吧。其实，我自己也没有想到，那天清晨醒来，看到自己突然出现在这么个地方，而且你还在身旁睡得一塌糊涂，我花了足足10分钟的时间，才说服自己不是在做梦。

梦醒后，我告诉自己，真的要走了。如果你醒来，我就真的走不了了，因为不舍得，我怎么舍得呢？

临走前，我看了看房号，这么巧，居然是你喜欢的2046。然后我就在想，如果你这时候醒来，我就不走了，不过直到我花了10分钟的时间关上房门，都没等到你醒来——你到底是有多困啊？！真恨不得过去一巴掌把你拍醒！

这两年来，那晚的场景总会在我的脑海中闪现：微弱的灯光，从窗帘的缝隙间渗了进来，你睡得很平静，甚至可以说是安详，像是一个无忧无虑的婴儿，而你呼吸的声音，此刻依旧在我的耳边回响，我甚至能轻易地闻到那天清晨空气里的桂花香。

其实我一直很好奇，如果十二年前的那个吻吻下去，我们的故事又会怎么发展呢？你我都不知道，永远不会知道，但我总是忍不住去想这个问题的答案。也许明天就不想了，后天就会把你忘掉，但也许会想完余生，想你到下辈子……

西游记

1. 起点

“我们一起走了这么远，也走了这么久，终于来到了这座城市。但不知道为什么，我感觉更像是来到了一个起点，可以让我们的感情，重新出发。”

天色已晚，残阳如火，小小望着远处江边不断归来的渔火，用背影说道，语气中透着一丝忧伤的坚定。

“从小到大，我妈都信佛，相信众生皆有轮回，相信今生种种皆成来世因果……但我却一直不信，有时候还会跟我爸一起取笑她。可自打遇见你后，我开始相信，每个人都会有来世，一棵树，一朵花，一只夏天的萤火虫，一条冬天的小黄鱼……我们也一样。”

2. 秘密

这里是淡江中学，也是我跟小小来台湾旅行的最后一站。

红砖墙，绿荫道，洋气而浪漫，雅致而明媚，扑面而来的，则是近乎泛滥的青春气息……如攻略所言，这确实是一个值得驻足的地方——哪怕多年之后，我已经老到快忘事的年纪，可每次想起这里，内心都能够泛起一份远离喧嚣的澄静。

她说她喜欢周杰伦，所以一直想来这看看。

但我知道，她其实喜欢的，是周董在这儿拍过的一部电影:《不能说的秘密》——严格来说，是电影的名字。

因为我们的爱情，就像这部电影一样，是一个永远不能说的秘密。

我不能说，是因为工作的原因。

她不能说，是因为家庭的缘故。

3 . 缘起

我在一个化妆品公司上班，负责的是市场部。小小则是我最得力的干将。她是广州本地人，做人秉承与人为善的原则，真诚到近乎单纯，可做起事来，却又尽心尽力，滴水不漏。

她人不高，大概158这样，但身材很好，胸大臀翘，长得也是可爱甜美，最大的特点就是眼睛大，而且还自带朦胧感（用她的话来解释就是有些近视），笑起来像是从日本漫画中走出来的姑娘。

唯一的缺点就是已婚。

这也是我当初面试完她后，脑海中闪现的第一个念头。

其实，自打小小进公司以来，就不断有男领导想潜规则她，公司出去聚会时，也会遭到不少的咸猪手（这是我们公司的一个不良风气），我则一直扮演着护花使者的角色。

不过有意思的是，不知道是因为花太娇艳，还是使者本身就是个好色之徒，在经过几个月的磨合后，我跟小小居然也磨合出了火花，勾搭在了一起。

她说，跟我在一块，心跳得特别快，那是这辈子从未有过的感觉。私下里，每当她小鹿乱撞时，她都坚持要我把手放在她胸前感受一下，有时候在公共场合也这样，让我有些哭笑不得。

不过说实话，我确实非常喜欢小小，但爱却谈不上，更多的是因为性欲罢了。我也从来没想过，让她跟老公离婚，然后跟我一起天长地久。

这次出行台湾，是我们第一次长途旅游，为的是纪念相识一周年。

在台湾的这几天，我们像任何一对甜蜜的情侣一样，可以公然在大街上牵手，缠绵甜蜜地依偎，随时随地地拥抱，甚至肆无忌惮地亲吻……所谓阳光下的爱情，不过如此。

4. 西行

在台湾的最后一晚，我跟小小选了一家海边的小别墅。吃完晚饭，我们就在别墅的私家海滩玩耍，一直玩到星光寂寥，夜色迷离，所有的人离去。

然后，我们坐在海边，吹着海风，披着月色，疯狂地做爱，似乎要把这辈子的爱都一口气做完。

值得一提的是，小小看起来娇小无力，单纯懵懂，但做起爱来却像是一头奔腾的野马，充满着无限的激情，高潮也如同海浪一般，来了又去，去了又来，所以几乎每一次，都能让我坚挺如铁，畅快淋漓。

"要么我们先别回广州，去这片海的对面吧。我一直就想去鼓浪屿，跟最爱的人。"鱼水之欢过后，我们在附近找了家热闹的大排档，点了一大堆的虾兵蟹将，然后大快朵颐了起来。吃到一半，小小抬头望着海的深处，突然说道。

我顿时一愣，随后问道，怎么突然不想回去了？你不担心他怀疑你？

“不担心，他很相信我，非常信任的那一种。”

5.抉择

跟台湾不一样的是，鼓浪屿是一个非常小资的地方，有很多格调出众的家庭旅馆，让人有一种世外伊甸园（不是桃源）的感觉，因为来这儿旅游的，都是彼此眼中的亚当夏娃。

我们从台北出发，直飞到厦门高崎机场，出机场后饭也没吃，就直接搭了个的士去到了轮渡，然后再马不停地坐船上岛，去到时已经是下午了。

虽然我们是又累又饿，但小小还是固执地看了七八家旅馆，可似乎都不太满意——当然，不是因为价钱的关系，每家的价格都差不多，而且每家都挺漂亮的。

走到后来，我甚至都有些生气了，说算了算了，我实在走不动了。我在这里等你吧，你自己去找好了。

结果，她还真的一个人去了。

不知道小小后来找了几家，也不记得她去了多久，我实在是太困了，索性在一棵大树下，找了一张舒服的藤椅，睡了一个大觉，而且这一觉睡得非常甜。梦里是一片蔚蓝的天空，天空下是平静的大海，我跟小小躺在一艘小木船上，惬意地吹着海风，欢快地说着说不完的情话。

“你回来多久了？怎么不叫醒我。”醒来时，已经是日落西山。第一眼看到的，是小小那极具代表性的大眼睛和甜甜的像是天使般的笑容，顿时有一种睡梦未醒的错觉。

“叫醒你干吗，叫醒你跟我使坏吗？”小小顽皮地笑道，“饿了吧，来，吃点面包。”

随后，小小带我去了一家新旅馆。很显然，她对这家店非常满意，一进到门口就像是孩子到了游乐场一样，欢呼雀跃了起来。

旅馆也确实漂亮，入口就有一个大花园，种满了各种颜色但小小都能说得出名字的鲜花。另外，整个旅馆是以纯白色的城堡为主题，进去之后，立马有王子回宫的感觉。

当晚，我们吃了一顿丰盛的海鲜大餐，然后从城堡中出来，没有去海边，而是在旅馆的周围，惬意地散着步。

多年之后，我依旧记得，那天的夜风很大，但不冷，带着海的味道，我跟小小穿梭在静谧而幽暗的小道上，偶尔能看到几只多年不见的萤火虫，如同走在童话里，时间在这一刻变得缓慢而宽容。

回来的路上，小小神情严肃地跟我说，你知道我为何拉你来鼓浪屿吗？

我摇了摇头，内心泛起一股不祥的预感。

“因为我想好了，我要离职了。”

6. 救赎

其实一直以来，我都觉得，对于小小我更多的是逢场作戏，我很享受她给我的爱和性，哪怕我知道她有一个很爱她的老公。

但从小小提出分开的那一刻起，我突然发现，自己似乎已经不可救药地爱上了她。一种被撕裂的剧痛感，在我的内心悄然滋生、蔓延并贯通全身。

我不知道这样的爱，到底是不是因为即将失去她的缘故，我只知道这种感觉将我轻易地淹没，让我觉得呼吸都那么沉重，内心也仿佛压着块石头，我甚至有劝她跟老公离婚然后跟我走的想法。

小小跟我说，她之所以愿意跟我去台北，是因为爱得太深，快让自己窒息了，几乎每天晚上对着老公，都受尽煎熬，跟他做爱的时候，脑海中想着我，她甚至害怕一不小心喊出口的是我的名字。

与此同时，她也非常确定，这辈子是不可能跟我一起的，她不会放弃她的家庭，那是她做人的底线。

所以说，我们这趟旅行与其说是浪漫之旅，倒不如说是在修行而取经。在这条不断向西的路上，我们都将完成自我的救赎。

7. 终点

从厦门回广州，我们并没有坐飞机，而是有意选择了耗时更久的高铁。一路上，我都没怎么跟她说话，因为我知道，一旦回到广州，她就要跟我彻底地分开了。

她也知道，所以不管有多困，她都不愿意睡着，她说要好好地珍惜跟我在一起的每一分每一秒。

这是我人生中第一次觉得高铁太快了，我开始无比地怀念过去那个年代的绿皮车——从厦门到广州，680 多公里的路，能够开上几天几夜，甚至开上一辈子。

快到广州时，我终于还是下定了决心，对小小说：

“要不先不回去了？我们继续往西，我想让你再陪我走一站，珠海。那是我的母校，我曾经梦想开启的地方。那里有一个美丽的岁月湖，我以前经常一个人坐在那里读书，发呆，想象未来的爱人是什么样子。我想带你去那里，跟你静静地坐在湖边，听听岁月的蝉声，闻闻岁月的花香，说说我们在岁月的洪流里最后的心里话……”

听完我的话，小小抬起了头来，然后一声不吭地看着我，用她两只大大的眼睛一眨不眨地看着我。突然间，两颗豆大的泪珠，从她那如秋水般柔情的眼眸中，无声地涌了出来。

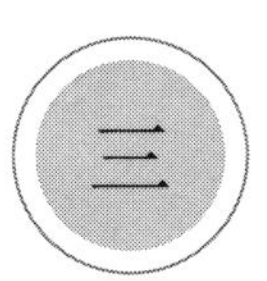

重逢，是一生最难的缘

CHONGFENG
SHI YISHENG
ZUI NAN DE
YUAN

I know a lot
of
fairy tales

我不过想要个孩子

/ 1 /

琴琴是我的一个老友，她喜欢小提琴，瑜伽，笑，大笑，赚钱，赚大钱，喜欢一个人去看哭得稀里哗啦的电影，也喜欢一群人去到哪怕是西藏那么远的地方；喜欢在清晨的阳光下迎风跑步，也喜欢在下雨天静坐在窗角读书……

然而，她最喜欢的却是小孩。

/ 2 /

时光荏苒，一晃毕业已经 7 年了。不过对琴琴来说，浓缩成两个字就是：脱单。三个字是：找老公。十个字则是：愿得一人心，白首不相离。

正所谓寻寻觅觅冷冷清清，琴琴慢慢地就凄凄惨惨惨戚戚地活成了大家口中的黄金剩女，不断地承受着与日俱增的家庭、社会以及自我的压力。

当然，她的条件还是很不错的——反正我是配不上她。琴琴毕业后就在银行上班，兢兢业业，爱岗能干，如今已经混成了大客户经理，年薪虽然一直处于保密状态，但我是看着她自己全款买了两套房子，一套是在老家，给爸妈和弟弟住；一套在天河区的珠江新城——这地段，换成北京的话，就是半环内了。

其实，琴琴也不是情感小白，在念大二时，她就谈过一场风花雪月。男友是个香港人，属于长期派驻内地的上班族，大她 5 岁，暖心熟男一枚。

毕业后，男友要回香港，琴琴则坚守大广州，于是便选择了友好分手，也算是为未来的幸福做了回彩排。

/ 3 /

毕业之后，琴琴一边努力工作赚钱养家保养自己，一边竭尽所能地寻找所谓的灵魂伴侣，彼此折翼的天使，打算早日脱单，成家育子。

23 岁时，她有一个梦想，找一个非常有魅力，有实力，而且情投意合的“黄磊式”老公，两个人通过自己的努力，买下一套江景别墅，生一群健康快乐的娃娃；

26 岁时，她有一个理想，只要是经济适用男就行，一起买一套属于自己的商品房，然后紧随国家政策，生一个健康快乐的宝宝，幸福地生活在一起；

29 岁的生日，是我跟她一起过的，当然还有其他几个死党。她当着大家和夜空中的繁星，大声地许了一个众所周知的愿望，早日遇见一个爱自己，自己也爱的男人，然后一起有一个健健康康的孩子。

神奇的是，愿望居然在年底就实现了。

/ 4 /

2013 年的秋天，琴琴正式告别单身，收获了爱情的果实。她卸下重担，欣喜若狂，几乎是向全世界宣告了佳音——要知道，毕业这么多年，这还是她第一次不用独自面对寒冬，也不用在光棍节疯狂购物以填补她寂寞的心房。

男友比她大 10 岁，是一个国家级的小提琴手，在业内很有名气——不得不承认，这个男人还是挺有魅力的，长得跟吴秀波一样，有才又帅还能解风情，吸金能力也很强，属于琴琴23岁时就梦想的男人。

不幸的是，此公虽好，但却是一个不折不扣的烂桃花。两人在谈了3年的恋爱后，老男人还是不愿意结婚——我们一度怀疑他早结婚了。

对此，琴琴是争过吵过闹过冷战过软硬兼施过甚至5000元的催婚培训班都报过，可还是无济于事。绝望之余，她想到了奉子成婚这招。

我们都劝她别犯傻了，像他这种典型的艺术家式的男人，根本不会就范的。

就这个话题，琴琴前前后后说了一年，从情人节一直说到光棍节，我们也不厌其烦地劝了一年。劝到后来，我一度以为她只是嘴上说说而已，结果却让我们大跌眼镜。

/ 5 /

2016年的“五一”，刚过完端午节，琴琴就给了我们一个大惊喜：怀孕了。

然而，事实表明，这也是一个大惊吓。

因为正如大家所料，“吴秀波”很淡定地告诉琴琴，把孩子赶紧打掉。我这么小心，怎么可能怀孕？！你做了什么你自己心里清楚！我给你3天的时间，3天内没打掉，这辈子都别来找我！

/ 6 /

琴琴虽然早有心理准备，但还是被男友的绝情给伤到了。一个人躲在被窝里哭了3个晚上，她重新振作了起来。紧接下来，在经过半个多月的意见征询后，她最终还是决定，把孩子留下。

原因很简单，琴琴马上就32了，就现代医学来看，已经是属于高龄产妇，她害怕一旦堕胎，以后都没有机会怀孕了。

而且最重要的是，她根本就不舍得。她这么爱孩子，爱了这么多年，也爱这个老男人，找了这么多年，她愿意赌一下，赌他肯回心转意，赌他愿奉子成婚。

为此，那阵子她经常做噩梦，梦到自己的孩子没了，满地是血，满脸是泪，然后尖叫着醒来。

直到这时，我才明白，其实她最开始就下定了决心，哪怕老男人最后不跟她结婚，她也要把孩子生下来。

只不过，另一个严重的问题也随之产生了，因为她所在的公司有明文规定，坚决不允许“未婚怀孕”，一旦发现，立即辞退。

但她绝不能失去这份耕耘了十几年的工作，不管是为了自己，还是孩子。

所以办法只有一个：假结婚。

/ 7 /

在接下来的两个月，琴琴想尽了一切办法找愿意假结婚的男人。

这样的男人，其实还真不太好找。一般的有一定学历的靠谱男人，都不想自己的爱情路上有一个前妻，而且人家也没差钱到这个地步。

找自己家的老家亲友，那自己的父母估计在老家永远不能抬头了。

如果找那种社会上的无赖青年，又担心对方结婚后，不肯离婚，勒索更多的钱。这种事情虽然说是签协议，但也是防君子不防小人而已，很难保证有法律效应。

2016 年的秋天，经过一番折腾，我帮琴琴在老家找到了一个远房堂哥。堂哥刚离婚不久，愿意跟她假结婚，并等孩子生下来后，再离婚，然后分两次一共拿 10 万。

可就在他们准备办理手续的时候，堂哥却突然反悔了，因为前妻不同意，说他要是跟别人结婚，就死给他看。

无奈，计划再次宣布破产。

那天晚上，我们坐在珠江边的一家餐厅，阵阵的江风扑面而来，带来了丝丝的寒意。我告诉她这个消息时，她失声痛哭了起来。

一直以来，琴琴就是一个坚强、独立的姑娘——至少在我们眼中是如此，这也是我一次看到她在公开场合痛哭。

哭到后来，我安慰她说，要是实在不行，就找我吧。

“少来，我才不想嫁给你！”

/ 8 /

眼看着琴琴的肚子是越来越大，可嫁之人却始终没有出现，她甚至想过找同性恋协会里的朋友，可依旧无果。

正所谓山重水复疑无路，柳暗花明又一村，一个 40 多岁的男人在这时出现了。

而且这个男人，并不是什么路人甲乙丙，恰恰是她大学时的初恋，当年的那个香港人。因为种种的原因，他至今未婚。当听到琴琴的情况后，他二话不说就跑到了广州。

他告诉琴琴，他不在乎孩子是别人的，如果她愿意，他不想假结婚，而是要给她一段真正幸福的婚姻。不过，琴琴却没有答应，她依旧在苦苦地等那个“吴秀波”。

/ 9 /

然而，那个老男人却始终没有出现。假结婚后的琴琴也在心灰意冷中，慢慢地接受了这个事实。

自打结婚后，法律意义上的老公一到周末就过来照顾她，而且还会带很多的奶粉和各种各样的玩具，奶粉能喝到3岁，玩具也能玩到13岁。

“你买这么多奶粉干吗，会坏掉的。”琴琴责备道。

“坏掉就坏掉呗，坏了再买，每次去到商场看到就忍不住给我们的宝贝买。”老公觍着笑脸说道。

/ 10 /

2017年的情人节，是琴琴这辈子过得最难忘的情人节。因为她的小情人出生了，顺产，6.3斤，是个健康的小帅哥。躺在床上的琴琴，一度感动到泪流满面。

然而，直到宝宝满月的那天，他的亲生父亲都没出现，也没传来任何的音讯。

/ 11 /

两个月后，琴琴挑了个黄道吉日，跟前男友办理了“假离婚”。随后，他们便一起开开心心地吃了个饭（至于前夫，就没那么开心了），饭后更相约去看场电影，当作是分手礼，选的电影是《大话西游》加长版22年重映版。

“我的意中人是一位盖世英雄，有一天他会身披金甲圣衣、驾着七彩祥云来娶我。我猜中了开头，却猜不中这结局。”

当看到紫霞仙子在临死前，对至尊宝说的那一段话时，琴琴再也忍不住了，眼泪如泉水般地涌出，随后情不自禁地挽起了前夫的手臂，像是个无助的女孩一样靠在其肩上。

她心想，找了这么多年，流了这么多泪，原来幸福一直就在身边。他们曾经错过那么多年的岁月，如今重逢，方才明白，眼前的这个男人，才是她今生唯一想爱，该爱，也值得去爱的盖世英雄。

藏在手机里的终生恋人

/ 1 /

沈二是一个地道的宅男，也是一个典型的手机控。

除了上班外，他其他时间都机不离身：吃饭看手机，上洗手间看手机，冲凉看手机，睡觉前看手机，甚至做爱的间隙也看手机。

总而言之，手机就像是他的第三只手，他的鸦片，钱袋和最深爱的情人。

记得有一次，他的“情人”不小心掉马桶了，进水了，不能用了，结果把他给难受得，像是失恋一般，茶饭不香，四肢无力，双目无神，念念有词……直到新买的手机送到，才立马恢复元气，重新坠入情网。

/ 2 /

三月的一个晚上，风有些歇斯底里，夜空压得特别低，倾盆般地下着暴雨。伴随着阵阵的春雷，连连的闪电，不断地划破夜空。

像往常一样，沈二冲完凉就爬上了床。当然，睡前的必备功课是玩手机。

正所谓春寒料峭，虽说已是人间的三月天，但还是有些清冷的。他在被窝里找了一个最舒服、最暖和的姿势，然后开启每天睡前最惬意的手机畅游。

雨还在下，风还在疯，窗外也依旧交织着闪电，不知道过了多久，他开始渐渐有了困意，意识也开始变得模糊。就在他似睡似醒的一刹那，一道闪电破墙而入，正中手机，并撞击出了刺眼的光芒。

沈二猛地醒来，随后感觉到手机里有一股如同黑洞般的神奇力量，迅速地把他吸了进去。

伴随着一阵巨大的眩晕，他毫无抵抗地扭曲着身姿，进入到了手机里。

/ 3 /

次日，醒来后的沈二，惊讶地发现自己居然没睡在床上，而是在一个巨大的草坪中。头顶的阳光，直直地照在身上，非常暖，甚至还有些热。

更让他惊讶的是，在他的脑海里，似乎藏着一个小小的手机屏。透过屏幕，他看到了另一个自己，此刻正睡在熟悉的床上。

他下意识地觉得这是一个梦，但很快地，一个路人便告诉他，这不是梦，而是进入了手机的世界里。

这个手机的世界，跟之前那个是平行的世界，只是因为原来的他们过于沉迷手机，灵魂游移在了身体外，才会被这个世界捕捉进来。

灵魂进到这个世界后，外面那个世界的自己，就会变得麻木而呆板，如同缺少了灵魂的机器人一般，浑浑噩噩地过日子——用富兰克林的话来说就是，他们 25 岁已经死去，直到 75 岁才被埋葬。

另外，也是最重要的一点，如果在 21 天内，他们没能离开这个世界，回到自己的身体，就永远也回不去了。

/ 4 /

无奈之下，沈二只能够想尽一切办法，问一切能见到的人，做各种奇葩的尝试，比如说跳进湖里，或是从楼上蹦下来，抑或是找各种天桥小广告所介绍的逃离偏方……可都无济于事。

与此同时，身体的所在那个世界，已经开始过着没有灵魂的日子。

在第 5 天的时候，他遇见了一个姑娘。姑娘叫作小鱼，比他迟两天进来，长得非常好看，留着一袭披肩长发，一笑一颦中透出的古典气质，让人想到西湖的水，江南的梦和温柔的家。

要知道，杭州是沈二的故乡。因为工作，他已经很多年没回去了。也难怪，几乎在见到小鱼的一刹那，沈二就喜欢上了她。小鱼似乎对他也有好感，两人聊得挺投缘的，于是便结伴同行，一起寻找出口。

他们去了很多的地方——只要网络覆盖的地方，他们就去了，而且几乎都可以瞬间到达：从拉萨的布达拉宫，到日本的北海道；从法国的普罗旺斯，到意大利的威尼斯……可谓是走过千山万水，行过大街小巷，但却依旧没找到办法。

/ 5 /

在沈二进到手机世界的第 9 天，他们来到了中国西部的一个农村。当地没有网络，别说 Wi-Fi 和 4G 了，连 2G 都不稳定，所以那里的世界，看起来像是一片废墟。

正是在这个世界的边缘地带，他们非常幸运地，遇到了一个 40 多岁的老人——他是最早一批进入到这个世界的灵魂（按网络历史来算），所以年纪虽然不大，但已经足以被称为这个世界的老人家了。

老人告诉他们，想要出去，回到那个世界，办法其实很简单，就是现实中的自己，能够连续 9 天不玩手机，彻底地脱离网络。

听完老人的话，沈二顿时一阵绝望，别说 9 天了，就算是 9 个小时，那个世界的自己，也是不可能做到的。

然而，一旁的小鱼，却陷入到了沉思中。

/ 6 /

第二天一大早，小鱼便偷偷地一个人过来找老人。

她告诉老人，她之所以会进到这个世界，是因为开车的时候玩手机，被车撞了，撞击的一瞬间，她灵魂出窍，进到了手机里。

而那个世界的她，正躺在医院里，一直昏迷不醒，成了植物人。也就是说，在那个世界，她根本没办法玩手机。如果按老人的说话，那自己是不是可以回到那个世界？

听完小鱼的故事，老人叹息道，确实，你可以回去。但跟别人不一样的是，哪怕你回去了，那个世界的你依旧是昏迷的，依旧是植物人，你的意识将会被锁在身体里，直到你真正苏醒过来为止。

小鱼苦笑一声，继续问道，除了这种办法，真的没其他办法回去那个世界吗？

呃……确实还有个办法，不过我也只是听说过，但从来没见人成功过。

/ 7 /

很快，便到了沈二进来的第20天。只要再过一天，他就彻底回不去了，永远地困在这个网络世界里。

当天晚上，小鱼跟沈二回到了他们第一天认识的地方，并在一家名叫2046的酒店，吃了一顿丰盛的海鲜大餐，然后还畅快淋漓地做了一场爱。

这是他们认识以来的第一次鱼水之欢，超乎想象地和谐，所谓的天人合一的感觉，不过如此。

床上，小鱼问沈二，你想回去吗?

“当然了。”沈二毫不犹豫地答道，“不过说这个也没用，反正也回不去了，幸好遇到了你。”

“可是——可是，我却一点都不想回去。”

/ 8 /

“我们都别回去了！”在听完小鱼的话后，沈二坚定地说道，“我们现在这里挺好的，我也不想回去了！老人后来说的那个偏方，也未必管用。”

“但我想尝试一下，回到那个世界，通过‘爱之音’把你叫回去。老人说了，只要彼此间有真爱，就一定能通过爱的电波，把爱人的灵魂呼唤回去。”小鱼认真地看着沈二，给出了一个“莫非你不爱我”的神情。

“当然不是，正是因为爱你，我才害怕。害怕一旦不成功，你会困在身体里，不知道什么时候醒来，也许永远都醒不来了！你想过没有？！”

“就算永远醒不来，也没有关系。我也不想看到你困在这里，任由外面的那个你，在迷失中过完余生。”

/ 9 /

在进入手机世界后的第 21 天，伴随着悦耳的鸟叫声，沈二于沉沉的睡梦中醒来，睁开眼，一缕阳光从窗户中射了进来。

熟悉的房间，熟悉的床，甚至熟悉的空气，他回来了，他真的回来了，而且不是梦。

沈二迅速地穿上衣服，拿上钥匙，然后手机都来不及拿，直接下了车库，十分钟后便到了医院。

他径直走到了小鱼的病房，推开白色的房门，一眼就看到了正躺在床上的小鱼。此刻，阳光从落地窗照了进来，照在她那如同天使般美丽的脸蛋上。

那一刻，他郑重地做了一个决定，要用余生的力量，唤她醒来，然后像当年那样，拉着她的纤纤细手，走遍千山万水，穿过大街小巷，带她回西湖游船，去江南寻梦，陪她在这个世界慢慢变老。

你是我这辈子都不能错过的小三

/ 1 /

“lisa是我这辈子见过的最好的小三。她颜如玉，解风情，不惹事，不轻易嫉妒，节假日不要求陪伴，床上功夫一流，会自己赚钱，赚得比我还多。最重要的是，她从未想过取代我老婆。”周末的晚上，我跟顾嘉一起去公司附近的露天酒吧喝酒。期间，他坐在泳池边的藤椅上，得意扬扬着感叹道，“如今，这样的情人真是打着灯笼都难找啊。”

“真有这么好？有照片吗？我来打打分。”顾嘉是部门新来的同事，平时看他一副老实巴交的最佳女婿样，没想到还一直深藏风与月。

/ 2 /

我靠！这不是我的前女友吗？！

看完顾嘉给我的照片，我差点没把他的手机摔地上——之所以没摔，不是我耐性好，硬是按住了性子，而是因为我真正想摔的不是手机，而是他整个人。

不过在此之前，还是要搞清楚情况再说。

随后，我便旁敲侧击向顾嘉打听 lisa 的背景，包括老家在哪儿，毕业院校、性格习惯、以前从事过的工作，甚至床风等等，继而确定，这个一直被他赞誉有加的小三，正是我的前女友秋水——我居然笨到没直接问中文名是什么。

/ 3 /

我这辈子都不会忘记，秋水跟我认识的那一天。

那是在 2010 年的秋天，大学毕业不久，某个秋高气爽的周末，几个死党相约去郊游，大家也各自叫了些朋友，共凑了 10 来个俊男靓女，浩浩荡荡的，秋风得意的，感觉像是要去参加海天盛筵。

晚上，我们一起围在星空下，喝着珠江啤酒，吃着辣鸭脖子，分享各自的情感八卦。

轮到我讲的时候，我眼睛泛着光、幸福感爆棚地宣布道，我有一个非常漂亮的女友，我很爱她，她也很爱我。我们一起两年多了，感觉却像是交往了两三天这么甜蜜。我已经想好了，年底就向她求婚……

说到后面，我还主动给大伙儿看了女友的照片，彻底地把在场的单身狗们晒成了肉干。

结果没想到，当晚我就收到了秋水的短信。

她说，她很喜欢我的真诚，希望可以跟我做朋友。

“我们现在已经是朋友了啊。”我并没有想太多，随口答道。直到后来，我才知道，那天晚上，她便对我产生了一种近乎于爱的情愫，而且情愫的来源，并不是因为我口才好样貌帅家里有钱（这些我通通没有），而是因为我有一个漂亮的女友，而且我们还彼此相爱。

/ 4 /

回去后没过多久，就是光棍节，在这个特别的日子，秋水居然没去做马云背后的女人，而是约我去看电影。

恰逢那天女友出差，我有了自由身，于是便欣然赴约——那是我们第一次单独见面。

接下来的一个多月，我们又约会了好几次，爬白云山，登广州塔，游长隆野生动物园……几个回合下来，我哪怕是再笨，也不会不懂她的心意。很快，元旦过后的一个雨夜，我们在她住的地方，第一次发生了性关系。

随后，我便正式进入脚踏两只船的“幸福”局面——必须承认，秋水是一个非常漂亮的姑娘，而且还有我女友所不具备的性感和狂野。如果用张爱玲的话来说，秋水就是那朵“如同心口上朱砂痣般”的红玫瑰，而此时的女友，早已在不经意间成了“衣服上饭粘子”的白玫瑰。

可惜好景不长，没过多久，白玫瑰就发现了我有了红玫瑰，然后二话不说，便跟我闪电分手了。

/ 5 /

对此，我并没有做太多的挽留，因为我非常了解她的性格，哪怕是跪下来求她，也无济于事。最重要的是，我还有秋水。

然而，让我万万没想到的是，当我骗秋水说，我已经主动跟女友分手并且打算一心一意跟她在一起时，她非但没任何兴奋的表情，反而一脸内疚地跟我说：

“都是我的错，我不应该拆散你们，你们之前是那么恩爱。”

我安慰她说没有关系，不是你的错。

无奈的是，安慰并没有起到作用。秋水慢慢地便跟我疏远了，并最终彻底地跟我断了联系。我们的爱情，就这样短短地持续了一年零 15 天。

秋水离开后，我非常难过，几乎天天失眠，茶饭不思，一个月瘦了十几斤，偶尔还会像女人一样躲在被窝里流泪。

不过我并没有去纠缠秋水，也没有半点责怪她的意思。我只怪自己当初太渣，自食其果。而且当时我还天真地以为，秋水是因为内心善良，以至过于自责，才选择了离开。

/ 6 /

那天晚上，顾嘉还跟我说，他跟 lisa 在一起有 3 年多了。在此之前，lisa 跟一个牙科医生相恋了一年多。

我算了下时间，正是在跟我分手不久，可谓是无缝对接。

如你所料，这个医生不但是有女朋友的，而且还已婚多年。也就是说，她似乎在不断地挑战更牢固的男女之情。

医生其实很爱老婆，无奈老婆却一直怀不上孩子，持续了两年多，他感到非常焦虑。秋水的适时出现，给了他极大的精神安慰。而且不久后，秋水还有了医生的孩子。

当听到这个消息的时候，医生很开心，并且嘱咐她好好养胎，什么都不用想，他会找个机会跟老婆离婚，给她一个正式的名分。

可没等到他开口，她就一个人跑去打胎了，然后悄无声息地离开了，留下了目瞪口呆的医生。

/ 7 /

顾嘉的话，让我感到非常震惊，而且震惊程度丝毫不亚于之前知道她是顾嘉的小三。

要知道，跟医生不一样的是，顾嘉的两性关系更加牢固，他已经是两个孩子的爸爸了。

另外，虽然他多次跟秋水商量，说自己跟老婆离婚，然后娶她，可秋水是死活不愿意。

我心想，难不成秋水真的有小三成瘾症？！

带着满腹的疑问，我找到了一个老同学，此公在上大学时就是心理学院的学霸，专业扎实，人见人恨（因为总爱挖人家的心里阴暗面），如今毕业多年，自己更是搞了一个半死不活的工作室，专门做心理咨询，而且主要的客户还是那些长年深受小三困扰的富太太们。

在听完我的故事后，老同学露出一副小菜一碟的神情，说这个好办。

我说那你赶紧说，别废话。

他说秋水之所以多次成为小三，确实不是偶然。他以前有几个客户，也是类似的情况。简单来说，就是一种爱的轮回，跟小时候的家庭环境有关。

“然后呢？”

“然后我就有点饿了，而且想吃小龙虾了。”

“靠，这都什么老同学啊！”

/ 8 /

“你知道杨恭如长这么漂亮。为何找不到老公的同时，还被人称之为小三专业户吗？”当晚吃饭席间，老同学继续卖关子。

我怎么知道这些明星八卦，我又不是什么狗仔队！

“其实是因为，在杨恭如很小的时候，父母就离婚了，她缺乏父爱，跟着妈妈相依为命，后来妈妈再次改嫁，可没多久又离婚了。”

“所以说，这是一个典型的童年缺爱导致的小三成瘾症。”我恍然大悟，“我记得秋水曾跟我提过她家庭，说小时候爸妈的婚姻还是挺幸福的，并没有出轨的现象。不过从小到大，他爸都不爱她，对她关心也不够。她有一个姐姐，还有一个妹妹。爸爸最爱的是妈妈，然后是妹妹，加上姐姐是第一个孩子，也特别讨家里喜欢，只有排在第二的她，被严重忽视了。”

“那就对了，因为从小到大，秋水就特别缺爱，她在潜意识里需要跟妈妈抢夺爸爸的爱，所以容易有小三心理。另外，她还需要跟姐姐和妹妹争夺父亲的爱。”

“所以，她一次又一次地陷入三角恋当中，是她潜意识要击败另一个女人，夺回爱的权利。”我突然发现自己也有做心理咨询师的潜质。

“确实如此！悟性还不错嘛！”

聊到最后，老同学给我的建议是，像秋水这样的姑娘，一定要找一个内心足够强大的男人，给她足够的爱，才能让她彻底地从这种畸形的三角恋情结中解脱。

/ 9 /

2017年的秋天，顾嘉的老婆总算发现了他在出轨，然后带了两个彪悍的妇女，跑到公司大闹了一场。

吵闹期间，她还一直扬言说要带一帮人去堵秋水，一旦堵到，当街把她暴打一顿，脱光衣服拍视频，放在网上让她臭全国。

无奈之下，顾嘉只好跟秋水正式分手。与此同时，他跟我也疏远了关系，因为他误以为是我告的密——其实这也不能怪他，要知道，他们鬼混了这么多年都相安无事，可自打上次跟我说了之后，就神奇地暴露了。

对此，我也没解释太多。因为从心里面，这正是我渴望看到的结果。

/ 10 /

秋水重回单身后的当晚，我做了一个奇怪的梦。在梦里，我一个人在蓝天下的绿草中漫步。天气特别好，阳光特别暖，我走着走着，就看到了不远处有一个小姑娘，独自躲在花丛中哭泣。

我走过去，问她怎么了？

她说，我走丢了。没人要我。

我说，你爸妈呢？

她瞪着大大的眼睛反问我，爸妈是什么东西？

我笑了，然后说你别急，不是有我吗，我带你走吧。

这个梦我一共做了三次，而且每次都相隔一个礼拜的时间。有意思的是，在梦里面，不管是场景还是对话，都是一次比一次更清晰，而且最神奇的是，梦里的女孩是越来越大。

我开始在想，也许在我的心里面，一直就没有放下秋水。要不然，我怎么这么多年，都没有正儿八经地找个女朋友。

有人说，当一个人在爱情中迷失的时候，最好的办法就是去远方，那里一定有你要找的答案。

所以我扔下工作，休了五天的年假，一个人跑到了芭提雅，在海边优哉游哉地待了一个礼拜。

回国前的最后一晚，芭提雅下着倾盆大雨，我淋着雨沿着海边走，走了很久，路过了很多招摇着跟人合影的大胸人妖，也路过了一个又一个搔首弄姿的站街女，还有不少来这里度假的搂着泰国妹子（也有小鲜肉）的中年白人……终于找到了那个一直困扰我心的问题的答案：

"也许，上天早有安排，命中也早有劫缘，让我跟秋水在人生的路上，再次发生交集，以完成彼此的救赎。只是这一次，我再也不想错过她了，也不忍心让她继续迷失在一段又一段的三角恋中，更不愿看到她一个人，在这个薄情的世间，独寂地流浪到老……"

余生很长，爱我别走

这是十二年前，写给初恋的一封信，文字稚嫩，但却情真意切。

当时正值分手边缘，我试图用苍白的文字挽回我的爱情，结果爱情是挽回了，但也只是判了死缓而已，我们终究还是从彼此的世界路过了。

感谢你曾如天使般出现，出现并填满了我的世界。余生很长，我们还是会在路口相遇的，不是吗？

小小花：

见信开心！想我了吗？睡着了吧？还会像以前一样梦到我吗？

过了午夜，刚刚吃完了一包方便面，一片面包和一天的坏心情。本打算静下心来好好地看看书学学习的，但却想到了你，想到了你才说的话，做的事，便忍不住产生了一种给你写信的冲动，或许也可以说是种需要吧！

细细总结，你今晚短短的几句话语，却给了我两个觉得，一个认为。

首先，我觉得你已经回不到从前的那个爱着一个人就只是爱着他的人了。对此，我暂时保留“很失望”的意见。

其次是觉得现在跟你这样谈感情自己也有些不知所措，这就好比一个人将要上前线打仗，用心备战，全副武装，跃跃欲试，最后却被派到一个小村庄里当保安，感受如何？不言可喻。

而最后，我认为如今写信给你已经没有很大的必要了：我的时间很多，但要想用心写好一封信给一个淡薄了感情的女人就不多了。可是，你毕竟是我的女友，一个曾经为了爱情现在还有感情以后可能发展成亲情而走在了一起的陌生人，而我一直也知道，那些你在信中所说的话，才会是你想说却又无论如何在生活中说不出来的心里话。我想了解现在的你，真实的你，所以你收到信后要记得回信，用心地回信，快快地回信，好不好？

忘了是什么时候开始，我们甚至不愿在众人面前拖手了；也忘了从哪月的哪天开始，你不再习惯挽着我的手臂一起去或逛街或散步或温柔地撒娇开心地大笑了。而这一幕幕甜蜜温暖的画面如今却似乎变成了一道道无法磨灭的伤痕，层层叠叠地纠结在我的心中以至不能自拔。

听着歌，我有时会想，如果你听到我现在听到的这首歌会不会像我一样有触动了心弦的感觉呢？也会不会像以前的那个傻傻的可爱女孩一样让我听完歌后说说感受呢？更会不会因为音乐里藏着的爱情故事而突然就感动到泪流满面呢……也许都不会了，也许从前的那个你已经回不去了，也许到了如今也只剩下我的感情才是细腻的了，一如我此刻的文字。

印象中已经好久没有收到你的来信，回忆里也已经触摸不到撕开信封后的那份心情和感受了。我想问为什么，为什么窗外的春天刚来，我心爱的花儿却快要谢了？为什么看着这样的感情这样的你我却无能为力不能奈何呢？为什么你会说为了怕伤害而不敢爱得深为了保护自己而不愿爱得真了呢……太多的没有答案的为什么，太多的无法理解的不明白。

夜已经很深了，碎碎的风轻轻地拨开了窗帘的面纱，不经意便惊醒了我淡淡的倦意。可是，信才写到一半，要说的话还有很多，要告诉你的感受依旧很多。我索性泡了半杯浓浓的绿茶在桌边，茶色很深茶味很重，扑鼻的茶香更是在小小的房间里不断飘散，回旋。

暖香入脾，心神顿时化成了一片明净，我小心地重拾凌乱的思绪，像是拾起一把随时会把割裂自己的刀，继续给你写信。

花儿，对于过去的回忆，我并不想问太多“你还记得吗”。可对于现在的你，我却想知道，你觉得这样的感情是你想要的吗？这样的无所谓不在乎是你所希望的吗？

“爱我别走，如果你说你不爱我，不要听见你真的说出口，再给我一点温柔……”

反复地听着周杰伦的《爱我别走》，我似乎能够清晰地感觉到，内心深处不断地涌起一股无法抑制的沉重的伤感，而这样的伤感对我而言仿佛没有任何的源头，亦根本没有半点的尽头。

也许我是自私的，也许我不还够真正地爱一个人。我只要一心一意地对你用尽全力地呵护你死心塌地地珍惜你不就好了吗？为什么又要求你那样对我呢？为什么觉得自己的付出非要得到些许的回报呢？为什么不可以一个人承受爱你的代价和幸福呢？

我想，没有什么人是希望自己的爱得不到回报的，也没有多少人是不希望自己的付出能够有所得的。可是这些，你又能够明白多少呢？

如果说一个人的伤心蔓延到了尽头便是心死，我希望现在的自己还没有彻底的对你对爱心死；如果说从此以后你我的感情将成为一个不完整的句号问号感叹号，我想我应该能够也必须习惯没有你的日子；如果说你的任性你的无心你的不知所措彷徨困惑都是来自对这份感情的质疑，那么我想告诉你，我是真的爱你！

关于爱情，我其实明白得不多，真正需要学习的还有不少；关于你，我想我了解的不会少，而我需要你真正理解的还有不少。所以不管是因为喜欢你而爱上爱情还是因为爱上你而喜欢上爱情，我都希望能够陪你一直地走下去。

“一树梨花一溪月，不知今宵属何人？”信写到这里，杂乱的心绪已经停住，凌乱的内心也平静了许多。

舍友们正在耳边熟睡，窗外的天色也已经渐渐发白。夜风扑面，阵阵袭来，抖落了一地的思痕，我想我也应该去睡了！想你！

祝心爱的小小花！

有个好梦！！

永远爱你的我

凌晨四点

我不是富二代，却是你的爱一代

/ 1 /

残阳似火，天空被染成了一种奇幻的淡紫色，晚风褪去了一天的热意，把我们吹得欢快而惬意。

这是我们大学军训以来的第一个礼拜。经过一天的折腾，青春无敌的我们，依旧是热情高涨。

此刻，大家围坐在草坪上，气势高昂地唱着军训口水歌《团结就是力量》，准备唱完歌就去吃饭。

“沈二，你看我老婆来了。”当歌唱到“比铁还硬比钢还强”时，黑牛猛地推了我一把，下手之狠，差点没把我震出三级内伤。

我顺着黑牛示意的方向望去，一群身着军装的妹子，从夕阳的尽头走来，带来了远方的风，把我们吹得是春心荡漾。

而在这道风景线里，有一个姑娘明显比周围的人高出一个头，只见她披着一袭随风飞扬的长发，亭亭玉立，气质出众，身材之高挑，如鹤立于鸡群……

那一刹那，我感觉全世界都安静了下来。

/ 2 /

黑牛是我的舍友，也是我大学唯一的死党。他后来告诉我，他“老婆”叫冰冰，也是我们生科院的，不过却是另外一个专业。

黑牛的梦想就是在今年放假前，成功地把她追到手。他还特意买了杜蕾斯，放在钱包里，准备随时派上用场。

此外，他知道我文笔还行，便时不时以夜宵为诱饵，让我帮忙写肉麻到浅尝辄逝的情书。虽然情书几乎都是石层大海，可每次我都写得用脑用情用心，就好像是写给自己的女神一样。

可没想到的是，黑牛这厮只追了半年不到，就缴械投降了。

因为，在一个月黑风高的夜晚，他一个高中的老同学不费吹灰之力，抢先把他推倒了。

第二天晚上，在校门口的夜宵摊上，成功脱单为“烈士”的黑牛，像是一个多年的老战士一般，语重心长地跟我这个新兵蛋子说，哥先走一步了，接下来的革命就交给你了。

说完，他还一脸严肃地从钱包里掏出了一个不知放了多久的避孕套，随后无比虔诚地用双手递给了我。

/ 3 /

转眼便到了大二暑假，经过一年多的努力，我成功地完成了黑牛的“遗愿”，把冰冰追到了手，让她成了我的初恋。

毫无疑问，大学是恋爱的黄金季节，有时间，有精力，有荷尔蒙，有浪漫的韩剧，更有做不完的春梦……所以我们的感情非常甜蜜，经常在食堂、图书馆、教室、各自参与的社团等等地方招摇过市，一度让黑牛和其他同学羡慕不已。

但其实这些都是表象，我对黑牛才更加羡慕。因为他送给我的避孕套，我一直就没能派上用场。

冰冰始终不肯答应跟我做爱，哪怕有一次，我们跑去千里之外的凤凰旅游，晚上两个人睡在一起，她依旧像是个革命战士一样，坚守着最后的那道防线。

她语气温柔，但却目光坚定地说，她只愿意把第一次给丈夫，所以希望我有些耐心，等到洞房花烛夜那天。

/ 4 /

2007 年的冬天，冰冰跟我说，她想去参加新丝路模特大赛。

我让她别去折腾，这种比赛肯定是有内幕的，去了也是白搭。但其实在心里面，我担心的是像她这种傻白甜，很容易被人潜规则。

她不听我的劝，而是先斩后奏地报了名。回来后，她便开始刻苦地学习和训练，结果，还真给她拿到了模特大赛的三等奖，光彩夺目地上了回电视，而且还是在洁身自爱的基础上完成的。

从那时起，她就接到了不少的商业合作，有时候跟上课时间冲突，我还得去她的课堂扮女声，帮她应付点名。

我们在一起的时间变得越来越少，偶尔在一起，也是听她聊社会上的一些事儿。

为此我抗议多次，可还是无济于事。隐约间，我觉得我们的距离将会越来越远。

/ 5 /

过完年后不久，便到了一年一度的情人节前夕，冰冰的宿舍楼开始热闹了起来，总是会有各种我当时叫不上名字的豪车停在下面，为的是跟冰冰见面，给她送各种各样的礼物。

黑牛不知道从哪儿打听到的消息，跟我透露道，你老婆给富二代盯上了，他们圈子里在赌，看谁先把冰冰拿下。

其实一开始，我对冰冰还是挺放心的。我自认为了解她，她绝不是那种贪慕虚荣的女人。可后来的事实，却狠狠地给了我一巴掌。

有一次，我们因为一点小事吵架了。冰冰在气愤之余，便悄悄地跟某个非常帅气的富二代出去。

出去其实也没干什么事，只是吃了个饭，兜了个风而已，连小手都没拉，不过对方却说要送她一套房子。

冰冰给吓坏了，死活不答应，后来僵持不过，对方就改送了一个香奈儿的包包。后来我才知道，这是他们惯用的送礼伎俩，先送大再换小——可哪怕是这个“小”，也是我一介书生一年的伙食费加学费所无法买到的。

/ 6 /

众所周知，富二代们对于猎物的捕食，从来就不会轻易放手，其中有两人甚至找到了我，说只要我主动跟冰冰分手，就送给我一辆豪车，价值百万。

我当时完全蒙了，他们为何会有这么多的钱。更重要的是，他们长得也不错，要身高要模样要打扮都有。

试问，有多少女人能够抵挡住这种男子的诱惑。哪怕是直男，也能够被轻易地扳弯。

然而我不假思索地拒绝了他们的提议，冰冰是我爱的人，不是交易的砝码。

遗憾的是，冰冰却不是这样想，在经过半年左右的时间（后来我才知道，在富二代的圈子里，这已经算是超长时间，一般他们的泡妞周期都是 1 个礼拜），她最终还是被攻陷了，跟一个富二代走在了一起。

她答应对方的当天，富二代就给她送了一套 80 多平方米的房子。据说，这是他跟其他富二代们打赌赢下的战利品。

/ 7 /

冰冰甚至没有当面跟我说分手，而是让黑牛转告我。

她知道我的性格，肯定不会为难她，更不会过多地纠缠。

我难过了一个多礼拜，每天上午打机，下午打球，晚上围着珠江跑步，偶尔还有跳江的念头。深夜失眠时，我想到动情之处，还会像个小娘们一样，躲在被窝里抹泪。

这段时间，是黑牛陪着我走过来的，他甚至说带我去找几个小姐，发泄一下。

他说，我知道有一个地方又安全又干净。你不是最喜欢俄罗斯的大白妞吗？那儿也有，皮白腿长奶子大，保证一夜销魂过后让你忘记所有的痛。

我考虑再三后，终究还是没有答应（当然也有可能是我去了，这儿不方便告诉大家），我只是暗自发誓，以后一定要做一个有钱人。

/ 8 /

大四毕业后，我放弃了一直追寻的科研梦，而是选择了去企业。

因为专业的关系，我没能找到什么好的公司，只能靠自己的文笔，从广告公司的小文案开始做起，勤勤恳恳，爱岗敬业，不断地打怪升级。两年过后，我成功地跳槽去了国内一家知名企业，薪资翻倍，职位上升。然后我又奋斗了五年，来到了一家世界顶尖的跨国公司，成了人人羡慕的金领，期间我遇到了另外一个女人，我们还结婚了。

冰冰在毕业后，继续在富二代圈里混。如我所料的是，他们那个圈子有的是散不尽的真金，但最缺的却是最可贵的真爱，正所谓铁打的富二代，流水的小美女，跟其他佳丽一样，冰冰平均 5 个月就被迫换一个男人，然后继续过着醉生梦死的奢华生活。

她也有了无数的包包，珠宝，几套房子……这些我可能花一辈子都没办法给她的财富。

/ 9 /

2016 年的国庆节，我跟妻子经协商友好离婚，因为一个不可调和的原因——她死活不愿意生孩子。

她害怕生孩子，害怕做妈妈。她说，希望可以跟我一直过两人世界，彼此相爱相守到老，然而，这却不是我要的。我虽然爱她，也渴望可以跟她过一辈子，可我还是希望有个孩子——当然，也有可能这只是一个借口，潜意识的我，在等另外一个女人而已。

与此同时，冰冰由于上了年纪，不再是小美女了，也不太好混那个圈子了。不过，她后来去了哪里，我也不太清楚，当然也没有关心的理由，只知道她离开了广州，去了一个二三线的城市，开了一家小店，过着平静而恬淡的生活。

/ 10 /

今年年底，我酝酿了两年的新书，终于上市了。应出版社的要求，我还特别回了趟珠海母校，开了一场见面会，以宣传新书。

然而，天公并不作美，分享会的那天，下着特别大的雨，来的同学特别少，我心情特别沮丧，然后晚饭没吃，便一个人走了出来，淋着雨到处乱逛。

雨一直没停，仿佛做好了准备，要下一个世纪，我在雨中，也不知道走了多久，我仿佛也是做好了准备，走一个世纪。

很快，天与地便在我面前模糊了起来，我觉得自己的人生很失败，不是因为事业，而是因为爱情，内心也悄然升起了一片荒芜的孤寂。

就在这时，我隐约地通过大雨，看到前方不远处，有一家书店，名字非常亲切，叫作“不二书店”。从外面看来，书店的装饰非常柔，灯光非常暖，让人不由自主地产生一种回家的感觉。

我慢慢地走了过去——确切来说是被吸引了过去，就当我快走到门口时，突然看到一个女人走了出来，只见她穿着一件白色的连衣裙，披着一袭黑色的长发，长得高高瘦瘦的，一看就是模特身材。

与此同时，她也看到了我，并露出了一副无比惊讶的表情，时间就在这一刻，突然被冻结了，全世界的雨似乎也停了下来，我仿佛听到了心跳的声音。

一生，是你我注定的情

YISHENG
SHI NI WO
ZHUDING DE
QING

Sleepy bee

is coming home

漂流瓶

/ 1 /

今天是 2017 年的 11 月 1 日，也是我跟女友分手的第二十一天。

眼看着举国狂欢的年度盛世——光棍节就要来袭，天气是越来越冷。此刻的窗外，正飘着细雨，北风呼呼作响，如同在哭诉着什么。冷冷的冰雨，不断地敲打着窗户，也像是在敲打着我的心。跟过去的 20 天一样，我早早就躺在了床上，可一直躺到了凌晨 1 点，还是没睡着。

自从上个月分手之后，我就喜欢上了玩漂流瓶。每天睡前，我都会从茫茫的“大海”里，捞几个瓶子起来看看，看远方痴男怨女们的心情，有愉悦的，有痛苦的，有愤世嫉俗的，有拼命劝你坐在家里就能月赚10万的，还有说自己是大学院花是处女巨乳然后无奈之下要卖身还老爸赌债的……

记得分手的那天，我跟自己说，当捞够了99个瓶子之后，我就彻底地放下。可眼看着今晚就要捞最后一个瓶子了，我似乎还对她念念不忘。

终于，我还是把第99个瓶子捞了起来。这是一个来自杭州的女孩，头像是半身照，江南气质，长发细腰，婉约恬静，照片应该是在西子湖畔拍的，不过不太确定，背景则是杨柳依依环绕下的一江秋水。有意思的是，她的个人签名居然是纳兰性德的名句："相思相望不相亲，天为谁春"。

/ 2 /

睡了吗?

没呢?你呢。

准备了。

准备睡了?

不是，准备失眠了。

她发了一个吐舌头的表情，说怎么回事?

哎，剧情老套到我都不想跟人说。交往了3年多的女友，被人挖墙角了。

不会吧，这么巧！哈哈，我找到我们的第一个共同点了。

“汗！你也有个交往 3 年的女友？！”我故意这样说。

哈哈哈，不是啦，我也刚刚被分手！不瞒你说，在跟你聊天之前，我甚至考虑到了自杀，就在我们学校门口的那个湖。

/ 3 /

这样啊，那我能不能问你一个问题？

怎么了？

你怕冷吗？

嗯，特别怕。

那你知道冬天的湖水有多冷吗？

过了好一会儿，她才反应过来，哈哈，那我不跳湖了。

对啊，别急嘛，先陪我聊回天，聊到夏天再说。

她顿时乐了，说行吧，同是天涯沦落人。

嗯，沦落妹。跟我说说，到底怎么回事，都闹到这般想不开了。

去年初，我通过漂流瓶认识了一个男生，是个医生，感觉特别投缘，他对我也挺好的，后来就在一起了。可前不久，我发现他居然还有其他的女人。一气之下，我就跑去跟他对质，结果被他痛骂了一顿，然后就一拍两散了。

我安慰她，分手也正常嘛。一辈子这么长，哪这么容易一条路走到黑的！何况还是一个劈腿男……你不是刚查出怀孕了吧？

当然不是啊，问题是，加上这次我一共经历过 3 段失败的恋情了。每次我都全身心地投入，结果都换来悲剧收场，我再也不敢谈恋爱了。

恋爱这种事，失败多少次都无所谓啦，婚前成功一次就好了，重点是总结一下经验嘛。

哈哈，说的也是，要不你帮我总结一下。

没问题，好歹我也算是久病成良医了。

我的第一个男友是个军哥哥，异地恋，虽然比我大好几岁，但却是一副永远长不大的样子，后来实在受不了，只好忍痛割爱。第二个男友是通过漂流瓶认识的，大我 5 岁，一年后发现这厮居然早就结婚了，随后撒有哪啦。其实，最让我难过的是，在这三段恋情里，我都是莫名其妙地成为了第三者。要知道，我平生最讨厌第三者了！

第一个军哥哥也有其他女孩？！

有啊，他爱玩游戏，在游戏里面有很多的女朋友。

我顿时表示无语，然后说，我也发现我们的一个共性了——都爱玩漂流瓶。

是啊，我两个男朋友都是漂流瓶漂来的。

看来，漂流瓶很难飘来爱情啊——这算不算极具含金量的总结！？

哈哈，特别算，跟我舍友们总结的一样。她们都苦口婆心地劝我戒漂，一天到晚在我耳边絮叨，搞得好像是戒毒一样。

那你还玩啊！

不玩啦，我原本打算今晚玩了之后就彻底地戒漂。你是我的最后一个漂流瓶呀。荣幸不？

特别荣幸！不过我怎么老是觉得你好像是在说戒嫖啊！

/ 4 /

那晚之后，我们每天睡前都会聊上几句，我还知道她的昵称叫做轻舞飞扬。

轻舞飞扬告诉我，小学时，她爸爸跟另外一个女人走了，离开了这个家，去了很远的地方，好像是内蒙古，也有可能是丽江，不太清楚，一直没有音讯，也不知道死了没有。

她还告诉我，不知道为什么，她特别喜欢通过漂流瓶认识异性，身边也不缺男同学追呀，但似乎总是不上心，不感冒，不来电。

经过一段时间的接触之后，我发现她其实是一个特别单纯的姑娘，不管是长相还是性格，都有点像是大话西游里的紫霞仙子，爱起来就是飞蛾扑火无怨无悔千山万水也挡不住我一往情深的那种。

一直以来，对于爱情，我都是一个没有安全感的人。大学时说好了一生一世的初恋，可在出国几年后就给送上了一声珍重。而这次深爱多年的女友的离开，更是让我对爱情彻底地失去了信心。不过对于轻舞飞扬，我似乎第一时间就愿意敞开心扉，不加设防，所谓的一聊倾心不过如此罢了。

入冬之后，天气是越来越冷，可在不知不觉中，我们的感情也在渐渐地升温。在彼此的陪伴下，我很快就走出了失恋的痛苦，她也不再那么想不开了。普天同庆的光棍节，也重新变回了双十一购物狂欢节。我开始思量着，要不要加个微信或者留个电话好了。不过，刚好我过几天就要出差到杭州，所以我打算先缓缓，等见了面再说。

出差前两天，我试着约轻舞飞扬见面，就在西湖边的一家茶馆，朋友推荐的，当地的一家老字号。

她说可以啊，不过事先说明，我的心情可是捉摸不定的噢，那天可能说不来就不来的。

我说没关系啊，你要是临时变卦，我就自己去找白娘子玩好了。

那是我们人生中的第一次约会，天气特别好，阳光特别暖，风特别惬意，西湖也特别漂亮，虽然杭州的十二月已经变冷了，可还是有很多人在那里划船。

我早早就来到了约会地点，还特意带了一本书，东野圭吾的《解忧杂货店》，可没想到的是，原本约好下午 3 点的，可一直等到了傍晚，书都读完了，轻舞飞扬都没有出现。虽说早有心理准备，可我还是非常失落，特别难受，甚至还有一种被全世界抛弃的感觉。

/ 5 /

后来，因为手机没电了，所以直到晚上回到酒店，我才收到轻舞飞扬的漂流瓶信息。

你这个大骗子!

怎么了?

你说怎么了，我都等到日落西山都没看到你，给你发信息也没回。

怎么可能?！我老早就到了，而且一直都在啊！可我都没有看到你。

轻舞飞扬沉默了一会，随即给我发了一张自拍照，正是在我们约定的茶馆拍的。

我认真地看了看照片，大脑猛地变得一片空白——照片表明，她不但真的去了，而且我还惊讶地发现，在她照片后面的茶馆墙壁，居然有一个日历，日历上清晰地显示着 2010 年 12 月 11 日。

这意味着，我们相差了整整 7 年的距离。可不知道为什么，我们的漂流瓶竟然能够神奇地穿越时空，漂给对方。

/ 6 /

回过神后，我立马问轻舞飞扬，今年是哪年？

她说你开什么玩笑，虎年啊。

我不是问你生肖，是问你哪年啊？

2010 年呀。

你确定？

她有些生气地答道，你这不是废话吗？！我今年刚好 22 岁呀，刚过完生日没多久呢。要不要我再给你发张照片？

看完轻舞飞扬吹蜡烛的照片后，我顿时急了，说我这里是 2017 年呀，到底有没有搞错啊！你把电话给我一下，我给你打过去。

很快地，她就回了一个号码过来，我立即拨了过去，可却发现是个空号。我赶紧让她发微信号给我，打算跟她视频一下。

可就在这时，微信突然就显示程序错误卡住了。我赶紧重启手机，并第一时间打开微信，但却愕然发现，我之前捞过的 98 个漂流瓶都在，就轻舞飞扬的这个没有了，好像聊天记录给硬生生地清零了一样，我们彻底地失联了！

/ 7 /

一直等了好几个晚上，也重新捞了无数个漂流瓶，可都没看到轻舞飞扬，我终于还是无奈地接受了这个事实。一种被抛弃的感觉油然而起，让我几乎是痛不欲生。

不过很快地，我就产生了一个念头，绝不能轻易放弃，一定要找到轻舞飞扬。我相信，在这个七年后的世界里，她还活着，而且因为我们曾经的那段缘分，她一定会记得我。

可问题是，除了知道她七年前的样貌，当年的学校和家庭情况以及一个不知真假的昵称之外，我并没有太多的线索。

无奈之下，我只好从她的学校入手。我特意安排了几次出差去杭州，去她的大学，并且费了很大心思，才找到她当年的毕业照，继而顺藤摸瓜地找到了轻歌曼舞这个人，确保我并没有发神经。

不过毕业之后，她并没有留在杭州，说是去了其他地方工作。所幸，我找到了她老家的地址，在四川的九寨沟。

于是我又休了几天年假，直接飞到了九寨沟，可去到后却发现，她跟她妈早在几年前就搬家了。一个邻居说，她们好像是搬到了国外，不过也有人说是去了丽江，不太确定。唯一的好消息就是，她好像还没结婚。

记得那天晚上，北风呼呼，天空突然下起了雨，雨有一种似曾相识的感觉，我独自躺在酒店的床上，看着手机里的漂流瓶，暗自下定决心，不管是走遍千山万水，我也一直要找到她。后来，我还做了一个梦，梦到我们终于相见了。轻舞飞扬穿着一件小碎花图案的旗袍，娉娉婷婷地站在一座小桥上，笑靥如花地看着我，等着我过去，一起奔赴这个对她来说迟到了整整七年的约会。

前世的爱，总算守到了今生

/ 1 /

那天下着微雨，冬天的雨，夹杂着冰雹，天空压得很低，很容易就让人产生一种万念俱灰的感觉。

她坐在我的面前，烟抽到了一半，修长的大腿，重新交叉了一下，总算是开口了：

我要起诉离婚。

我说，不能再谈谈吗？夫妻一场，风雨多年。

/ 2 /

故事得从两年前说起，点点是我的学妹，但我们不是在学校念书时“勾搭”的，而是在一次新书的见面会上。

她笑靥如花地递过书，我虔诚麻利地签完名，然后就听到她在耳边说：

“师兄，我也是中大的，中文系。我有一个故事想跟你分享，有关前世今生的，可以私聊吗？”

我抬起头，打量了一下眼前这妹子，人长得是甜美伶俐，细眉柳腰，明眸醉眼，配上一头齐肩的秀发，容易让人想到春日西湖边的杨柳……一看就是一个有故事的姑娘。

/ 3 /

第二天下午，我们约到学校附近一家名叫37°2的咖啡馆。

她说按原计划，下月9号，她就要结婚了，可她却没有半点兴奋的感觉，也没有张罗的心情。

而且，她最近老是做梦，做的都是同一个梦，梦到自己的前世，前世出嫁时的场景。

那是在民国时期，父母之命，媒妁之言，依旧是当时的主流婚姻观。

听说对方是位极其温和的先生，在镇上的学校里教书，媒婆说尽各种好话，赞我命好，嫁了个教书先生，虽谈不上大户人家，但也是书香门第，经济上过得去，态度上也不会粗暴，余生肯定享福不尽。

轿撵在青石板路上来回颠簸，左右摇晃，伴随阵阵紧张，手心的汗不断地渗出，我一路低头不语，看着红色衣裙上的刺绣，终于来到了一幢幢白色建筑群中，房屋高大而气派，青黑的檐角如自由的鸟，飞向天空。

第一次见到先生就有一种命中注定的感觉，只见他阔脸浅眉，戴着副眼镜，眉宇间透着一份接近普度众生的柔情。

后来，我们就有了两个孩子。大儿子在席卷全国的革命风暴里，东奔西走，我为之担心，既渴望他的消息，又害怕他的来报。因为传来的消息不是受伤就是被捕。

二儿子则一直在家，游手好闲，不思进取，但奇怪的是，我总是看不清他的模样。

然后有一天，先生出去教课了，我独自在房间，对镜梳妆，突然二儿子就闯了进来，毫无理由地把我扑倒，可就在推开他的那一刹那，我无比震惊地发现，小儿子的面庞，居然跟未婚夫一模一样。

/ 4 /

听完点点的梦，我觉得太不可思议了。我问她，你老家是在安徽吗？她摇头。

我说，那你有家人或朋友在那边吗？

她认真地思考了一下，说没有啊，怎么了？

你知道吗，你梦里所形容的青石板路、白色高墙以及青檐飞翘的房子，都是典型的徽派建筑。如果这个梦确实连通着前世今生——当然，我只是假设啊，那你应该跟某个安徽的男子有一段纠缠情缘才行。

听完我的分析，点点哑然失笑。过了许久，她才说道：

“其实我不想结婚，不仅仅是因为这个梦，而是因为我强烈地感觉到，现在的未婚夫，并不是我的 Mr.right 。”

我不以为然，都这个节骨眼了，难不成你要逃婚啊？别想太多了，每个人在结婚前，都会有产生一种莫名其妙的恐惧和不安全感——特别是女孩子。或许你的恐惧比别人多一些吧，你才会做这样神奇的梦。

/ 5 /

一个月后，如我所料，点点结婚了。

然而，让我没想到的是，婚后的她不但不幸福，还备受煎熬。

她老公像是一个被宠大的大男孩：自我、任性，内心脆弱，却又不堪一击，会因为一件无关紧要的事情冷暴力一个月，情绪激动时，更会动手打人。

这样的日子持续了一年多，终于，她下定决心，结束这段不幸的婚姻——那些身上好了又有的瘀青、几近骨折的手指，早已让她那故作坚强的心伤痕累累。

她跟我说，如果说以前对老公有过爱，也有过恨的话，那现在剩下的只是漠然了。

然而，故事却没那么简单。老公死活不同意离婚，而且还变本加厉地辱骂和家暴她，俨然像是一个被夺走了心爱玩具的孩子。

不肯离婚的原因其实很简单，因为一直以来，都是点点在还房贷，养孩子，料理家务……而她老公却是一个非常自私的人，素来只知道颐指气使，自己赚的一点工资，也从来没有贴补过家用。

/ 6 /

去年秋天，点点跟我说，她跑去了六祖慧能圆寂的千年古寺里，虔诚地许了个愿，愿早日能结束这段痛苦的婚姻，找到一个真正怜她、懂她的男人，找到一份真正属于自己的归宿，不再让父母忧心。

神奇的是，一个星期过后，她就在一个微信群上，结识了一个男生——那天，她刚好三十岁生日。起初也并无好感，甚至两次删除他的微信，典型的话不投机半句多。

可没想到后来，半句话也如同星星之火，慢慢就呈现了燎原之势，他们是越聊越投机，越情投意合。男子经常跟点点探讨一些看似空洞的话题，一些形而上的价值观念。这在点点看来，既陌生，又熟悉，透着一份相见恨晚的感觉。

一个月后，男生提出了见面，本来点点是不同意的，毕竟自己尚未离婚，还是有夫之妇，可当她知道对方是安徽人，而且还是个老师时，她顿时觉得这太不可思议了，完全就是宿命中的缘分。

点点找到了我，说怎么办。我说你先别急着去，再深入聊聊。

然而如你所料，点点并不甘心，而是花了钱去占塔罗牌。问卜时，她只选择了一个数字：7，并没有跟占卜师透露过任何其他的信息，也没有表达过任何的情绪。

但让她无比震惊的是，牌上解的是："命中注定的相遇，一次郊外游。"

更令她下定决心的，不是这次占卜，而是去买彩票。在回来的路上，她经过一个彩票销售点，她跟自己打赌，如果中了大奖，就去找那男人。

鬼使神差的是，这辈子从未中过奖的她，居然破天荒地中了590元！

/ 7 /

从安徽回来后的第二天，她就找到了我，还是当年的那间37° 2。她说她要起诉离婚。

我说你真想好了吗？孩子都大到可以刷朋友圈了吧。

她苦笑一声，说想好了，而且还买了个小型录音机，准备收集老公家暴的证据。

我跟她说，你看过《廊桥遗梦》这部电影吗？

她想了想，许久才说道，你是想我放弃这份真爱？

我是说，你确定这是真爱吗？

……

点点深深地吸一口烟，然后黯然说道，我早就分不清什么是真爱假爱了，或许已经彻底麻木了吧，被这段不堪回首的婚姻——你知道我以前不抽烟的。我现在脑子都是他，我婚前的那个梦，就是他家。

其实，在见到他的那一刹那，我就认出了他，我的心像是在沙漠里遇到了绿洲，像是在寒冬里遇到了炉火，我恨不得第一时间飞身过去，跟他拥抱，与他接吻，我想把自己的一切委屈告诉他，我甚至想把身体全无保留地给他……余生很短，因为老公的缘故，我们前世的情缘断了，我不想再因为同一个男人，错过今生。

2085

我焦躁而孤独地活在2085年的世界里，跪在2085号的断头台上，却无时无刻不怀念起80年前那个世界的声音，阳光和姑娘。

/ 1 /

对于2085年来说，这是一个再普通不过的清晨。

七点刚过，焦躁的阳光便如同流动的金沙，透过厚厚的窗户漫射而入，恣意地散发出赤裸裸的光芒，旋即把我身边赤裸裸的姑娘湮没、吞噬并悄然晃醒。

如果我没有记错的话，今天已经是我第一百二十一天失眠了。然而，失眠并未让我的脑袋变得迟钝，让我的身体变得困倦，让我的思想陷入淤泥，让我的世界变得灰白。

相反，我开始变得越来越清醒，清醒到可怕，就像是在浑浊而炽热的夏日，一头扎进清澈透亮的湖泊里，那股透心的凉气带着鲜活的气息，从皮肤的毛孔霎时间传到全身的血液中。

空气中的灰尘正随着压抑了一个晚上的阳光欢快地起舞，让人想起曼妙的音符。

赤裸裸的姑娘一声不响地坐了起来，撅着雪白而光滑的屁股慢慢地爬到床尾，左翻右翻之后，找到了一条粉红色的针织小内裤，兴致盎然却略带慵懒地穿上，随后再从地面上捞起一件大大的白色丝绸睡衣，不紧不慢地披上，但却没系腰带，任由胸前展露出各自半边的诱人雪白球乳，绽放着淡淡却足以逼人的香气。

我从如蜘蛛网般的杂乱思绪中回过神来，伸手往姑娘滚圆光滑如同水蜜桃般的臀部猛抓了一把，直把她抓的是一阵尖叫和抱头鼠窜。

好不容易窜出我的势力范围后，姑娘冷不防掉到了明亮的阳光圈里，伴随而来的是一阵更为尖锐的至少 80 分贝以上的惨叫声——这种叫声就像是大学女生在宿舍里看鬼片一样凄厉而突如其来，让人的耳朵措不及闭。

只见她猛地再一兔蹿，像弹簧一样蹦出了阳光圈，随后惊魂未定地站在了阴影中，无声地看着我，露出了一副劫后余生的表情，笑容亦如同涨潮般漫入脸上，两排洁白的牙齿则让人想到口香糖的代言人。

不可否认，眼前这个姑娘的美容很甜美、很优雅、很性感、很可爱、很亭亭玉立、很意犹未尽、很倾国倾城……然而，这个笑脸对我来说却是太熟悉、太苍白、太中庸、太无冲击力、太形而上学和太标准化了。

之所以会有这样的感觉，那是因为在我身边几乎所有的姑娘都拥有一张如此漂亮精致的脸蛋，而且看来看去就这么几个。她们的笑脸都是清一色的甜美的、优雅的、性感的、可爱的、意犹未尽的……她们的相貌、身高、三围等等参数在出生前就像是名字一样，被父母定格好了，无一不出落得沉鱼落雁，或是闭月羞花，具体到指标则分别是：身高 175 厘米，体重 49.5 公斤，三围则分别是：胸围 85 厘米，腰围 60 厘米，臀围是 88 厘米，跟上个世纪的梦露一样，误差几乎可以忽略不计。

当然，镜子里的我也一样，很成熟、很帅气、很真诚、很阳光、很玉树临风、很白马王子……

以前，我总以为这世界的姑娘原本就是如此，这个世界的自己原本就是如此，但现在我知道不是这样子的。然而到底是什么样子的呢？我不知道。

这正是我失眠的原因。

漂亮的姑娘微笑着扭出了房子，临走前不忘娇叱了我一句：你要死啊，真是的！窗户给拉这么开？！想毁你姑奶奶的容是吗？！

我翻了翻身，讪讪地笑了笑，说了声 sorry，然后继续躺着不愿起来，闭着眼睛，内心却一点都没 sorry 之意。

/ 2 /

几分钟过后，房间内响起了清脆的鸟叫声，伴随而来的是一阵扑鼻的清晰的春天气息——不过这既不能说明现在是春天，也不能说明现在是清晨，唯一能说明的是到点去上班了。

一想到到上班我就头疼，但比起其他更要命的事情，上班除了脑袋会疼一下子之外，其他倒也没什么。再说了，除了去上班我也不知道该干什么。

我坐了起来，从床旁边的桌子上找到一个透明的遥控器，关掉生机盎然的鸟叫声和明媚清晰的春天气息。

与此同时，在我的床的正对面的墙壁上闪现出了一个巨大的电子屏，屏幕上的画面是今天的早餐组，共三列，左边是中餐，中间是西餐，右边到底是什么餐我也说不上来。总之每列分别有五个选择，翻页之后又有五个选择，一共有100页，要翻下去估计得翻到晚餐——但这对我来说不是问题，我从来都是在第一页里面选。

我选了左边的第二个和第三个，对应的是无糖油条加热豆浆，还有广东产的虾米肠粉。

不到五分钟，刚出去的姑娘又走了进来，换上了一身像模像样的白色厨师装，手上端来的是热腾腾的早晨，俨然一副女大厨的气派，唯一不同的是她的厨师装里面什么也没有穿——如果你非要问我为何知道，我会告诉你：的确，正如你想的那样。

为了怕大伙儿误会，我这里还是简单交代一下吧，眼前的这位姑娘并不是我的老婆或女友，当然更不是我的情人，而是我的秘书，性别：女，年龄:22，血统：中外混血儿——至于到底混的是哪国的"外"，那就很难说清楚了。

在公司的员工手册上，白纸黑字地注明了女秘书的职责包括以下两大点：

（1）像家庭主妇般任劳任怨；

（2）像小蜜情人般性感撩人。

具体针对每一大点还有8小点和18条补充，这里碍于文章篇幅暂且不提，想知道的朋友，留下自己的邮箱我给你群发好了。

值得一说的是，如果你非要以为女秘书的工作职责很低级趣味很下里巴人，我要告诉你，你是大错特错。在 2082—2085 年的中国最佳职位排名榜里，女秘书的职位连续三年都排进了前三甲。如果说你非要问我为什么，我会告诉你，我也不知道，你去问那些排名的好了。

对了，忘做自我介绍了，我是一个商人，性别：男，年龄：保密，血统：纯种中国人。碍于我的职业特性，你也可以叫我为生意人或是 CEO、黑心老板、万恶的资本家、为富不仁的投机主义者等等，我都不介意，反正意思都差不多。

犹太人曾说过，他们只做女人和小孩的生意。我不是犹太人，但却很认可这句话，所以我选择做女人的生意，卖的是护肤品。

我们的公司不大，但也不小，营业额每年大概几十个亿，人民币，年增幅在 10% ～ 15% 之间，行业内排名比较靠谱。公司是五年前成立的，后来要不是发生了第三次世界大战，我的生意肯定可以做得更大。

但是生活没有如果，战争还是不可避免地打了起来，从 2082 年开始，只用了一年多，世界的人口便从 121 亿锐减到了 39.8 亿，虽然战后死去的大多是爷们，然而考虑到女为悦己者容，如果说连值得悦容的男人都没有了，还打扮棵葱？！

结果可想而知，公司的业绩直线下滑，入不敷出，被迫一口气裁了百分之六十的员工，差点没给这帮无业游民给当街打死，车倒是给砸了好几部，至于剩下的员工也是时刻准备着收拾包袱，搞得是人心惶惶，怨声载道，不过很快，公司的生意又出现了疯狂上涨，业绩像是未彻底消灭的病菌一样急剧地复燃和上涨——这都是因为女性同胞突然认识到当下男人少了，供求少了，得更加打扮才能抢到为数不多的男人，所以又开始疯狂抢购化妆品了。

由此可见，爱打扮是女人的天性，男人只是一个借口而已，即便地球上只剩下最后一个亚当，公司的生意依旧会很火——妈的！还真不得不佩服那帮犹太鬼！

/ 3 /

这个世界的太阳越来越恶毒，一到中午哪怕是头骆驼或是盆仙人掌都不敢毫无遮拦地站在阳光下。

必须补充的一点是，这里所谓的毫无遮拦是指没有撑遮阳伞，没有戴太阳镜，没有穿长袖长裤，没有涂 SPF 70 以上的防晒霜——以上四点缺一不可，如果稍有不慎，轻则肌肤灼伤，瘙痒十天半月，还得是每天抹那种跟鼻涕一样的绿药膏；重则引发皮肤癌，需进医院躺个数月半年，有些体弱的可能直接就送激光葬场去了。

当然，早在两百多年前达尔文就曾告诉过我们：永远不要小觑生命对环境的适应性——为了适应地球发烧的夏季，人类的肌肤也开始适者生存地进行基因突变，其中最明显的就是变得是越来越黑，原本的白种人成了黄种人，黄种人则通通成了黑炭人，至于原本就是黑炭人的则一个个活像刚从墨水湖中捞出来的一样，天一黑就找不到人影，捉起迷藏来根本不用躲，只要往没光的墙角一站就能躲一辈子。

除了人类，低一些级别的动植物也在苦不堪言地适应着地球的变化，尤其是那些生性怕热的品种，比如说企鹅。它们因为无法忍受天气太热而通通自杀，死前还公然宣布说，至死怀念当年的绿色地球，来世必诛公敌人类——当然，这是动物学家翻译过来的话，也不排除是某些抱有险恶用心的环保激进人士搞的鬼。

跟企鹅一样，其他的品种都发生了并且继续发生着不同程度的变化或进化，比如说很多两栖动物变成了彻头彻尾的水栖动物，一年到头躲在深水里，有些特别怕热的鱼宁愿脱氧而死也不愿偶尔游到浅水区换口气，就像是宁愿热死也不愿以真面目示人的伊斯兰妇女一样。

与此同时，一些前所未有的新品种也冒了出来，比如说中国西藏一带就出现了近乎透明色的藏獒，据说阳光照在它们身上可以直接穿过去，不对身体产生任何损害。

此外，为了减少水分的流失，大多数的绿色植物都选择改变肤色。原本鲜绿的逐渐变成了深绿，后来变成灰绿，照这样发展下去，过不了多久准就变成墨绿——学过生物的朋友都知道，这样一来，光合作用的任务就只能留给人类自己去做了。

当然，对于如此严重的环境危机，脑瓜儿最好使的人类也不是啥事不做的。

有些科学家正在研究如何补天，说现在臭氧层给闹出了这么大个洞，实为地球之一大祸害：人类患皮肤癌症的概率两年来增加了百分之一千，并且还将以百分之八十的速率连年增长。

此外，根据卫生部最新的数据统计，目前全球皮肤癌的患病率为百分之四十五，高于艾滋病的患病率 10 个百分点，高于肺结核 15 个百分点，都快追上夫妻离婚率了。

虽然补天的提案看起来是百利而无一害，但却遭到了很多人的强烈抗议。反对派们说现在这洞虽然大，但毕竟已经受到了控制，就算恶化也恶化不了哪儿去，而且我们千万不要小看人类适应环境的能力，所以压根就没有必要花巨大的人力财力去补了。

此外，还有一套说法是这样子的，说现在地球百分之八十以上使用的是太阳能，要是没有了这些能量，后果难以想象，地球估计得瘫痪好一阵子，没准从此缓不过来也难说。

更可怕的是，没有了这些能量，肯定会发生第四次世界大战，现在核武器这么厉害，死的人估计比剩下活着的人还多，而且很可能会导致世界末日的提前到来。

围绕着这个问题，领导们再次分成了保守派和激进派两派（乍一听似乎有些熟悉，不过倒也正常，从尧舜到康乾，从沙皇到查理，自古以来而且不管是在哪里都存在这么两派），热热闹闹地争论了好十几年，有的原本是狂热的补天分子，儿子顶上去后却成了更狂热的反对派，吵得是六亲不认，鸡犬不宁的，但却根本没有结果。

其实，如果让我来说的话，我是这样想的，我们现在知道不补天的情况是怎么样的，却完全不知道补完天后会变成怎么样。在争持不下的时候，理应做那些我们未知的事情，因为只有做完了才能判断出哪种情况会更好。

有关这一点，我这里想举个例子，是我大学交往了多年的一个女朋友，当时我们在一起有两年多了，男女间该发生的都发生了就差最重要的没发生。

记得那阵子，她总是在犹豫要不要跟我把这事儿给办了，有时还会问到我的意见——如你所知，这不免有大母鸡问黄鼠狼是吃还是不吃它好的嫌疑，所以我以退为进地建议道，算了吧，还是不办为好。

然后她就急了追问道，什么嘛？！莫非我不够女性魅力？！还是你不行啊？！

我顿时窃喜，觉得有戏，急忙说那就办吧，择日不如撞日，行不行就看今晚！

为了打消她的顾虑，我一般还会补充道，你看我们都这么多年了，早知道没发生性关系的情况是怎么样，可是对发生了关系之后的情况却一无所知。这个世界是丰富多彩的，条条道路都有惊喜，在犹豫不决的时候，就理应做未知的事情，这样才不会留有遗憾……

每次听到这儿时，她都会用手指敲我脑袋，生硬地把我打断，然后说虽然我人糙理不糙，但却颇有引诱初成年女大学生之嫌，所以暂时还是不能答应——如果只是这样的话还没什么，最可恶的是这样的对话每隔一段时间都要发生一回，简直就是气人！

气到最后我们分手了，这个事情也一直拖着没有办成。也就是说：我们都净身出户了。

几年之后的某一天，当我不再年少她不再风姿地再次邂逅某酒店，她说她很后悔当年没有跟我发生关系，要不我们也许就不会分手了。如你所知，一般说这话的人会有两可能：一是刚离婚不久的女人；一是高不成低不就的大龄剩女。而她恰恰属于前者。

从这件事，我们似乎可以得到这样一个结论，要想知道婚前做爱是好还不是好，最好的办法先做了再说。同样的道理，要想知道这天是补还是不补好，最好的办法是先补天好了，争吵是无济于事的。

话说回来，对于目前这种状况，有一帮人是始终不动声色地偷着乐的，那就是像我们这样做日化的商人。

大家有所不知，以前凡是到了夏季便是化妆品的淡季，卖来卖去也就只能卖些补水保湿以及防晒的产品，销量不到旺季时的三分之一，现在可大不一样了，光是卖防晒这一品类就比以前最旺的时候所卖的所有产品还要多，因为如今的防晒产品已经成了跟水跟盐甚至跟口罩一样的必需品，男女老少皆宜，居家旅行必备。

需要补充的一点就是，公司生产的防晒产品系数是连年增长：从2080年的SPF60，到后来的SPF65，再到现在的SPF75。与此同时，防晒的概念也在不断创新，从最初的晒后修复，到午夜防辐射，再到三D立体声防晒等等。总之，概念是每半年换一回，包装是每三个月换一次，但内容物其实没有怎么变化，从年头炒到年尾，再到第二年的年头，赚得是不亦乐乎。

一直以来，作为一个事业还算小成的商人，一个忙碌到几乎没有时间思考的守法不逃税良民，我认为自己对于眼前的这个世界是如此习惯和熟悉，对这个世界的人和规律已经有了一定的把握，但其实不是的。要不我也不会失眠多日了，如无意外，我还将继续失眠下去，然而究其原因，还得三个月前说起。

/ 4 /

在 2085 年，这个世界一共分为两个季节，一是前面所说的夏季，也叫作热季；另外一个不是冬季也不是春季，而是雨季。

三个月前，这个世界正处在雨季时分，瓢泼的大雨已经连续下了几个礼拜，浓重的乌云一层连着一层地布满了天空，就像是古代女子的裹脚布一样让人觉得暗无天日，永无尽头——但其实雨季已经过了一大半，很快便会接近尾声——不过没有一个人会觉得这是一件好事，因为比起如同烈火般的夏季，人们更情愿生活在湿漉漉的世界中。

雨季发生在一年中的上半年，持续大概六个月，误差一般不超过三天。在这漫长的六个月里，几乎每天都会下雨，唯一的区别是有时候是毛毛细雨，有时候则是发了疯的狂风暴雨，带着劈开天空的闪电、石破天惊的雷声以及能把150公斤的胖子卷到三层楼高的飓风。

所幸的是，这个城市的排水设施做得很好，地下的水位线永远都不会没过脚跟。大地就像是一个巨大的海绵，把所有的水都吸得一干二净，然后重新蒸发回天空。

对于我来说，雨季并不是一个让人愉快的季节，因为公司产品的销量要远远低于夏季，健忘的人类把以前必备的防晒产品通通扔掉，只会用一些去湿的护肤品，以涂抹在身上把湿气给带走，让肌肤更干爽——说实话，这个东西的效果用几个几毛钱的干燥剂也能达到，所以实在卖不起价钱。

事情正好是发生在雨季中的一天，我下了班如往常一样独自回家。那天是3号，我的车尾数是3，所以不能够开车，只能打尾数为2的的士——别以为有钱就可以买多几辆车，上多几个牌，每天轮着开，如果你不想连唯一的那辆车都没得开的话你就尽管去试试。

开的士的是一个菲律宾人，现在开的士的都是些外籍人士，这是第三次世界大战的后果，人们四处流离失所，离开自己的家乡，只为了活下来，吃一口饭，养一个家——这跟几千年前的五胡乱华的差别就是，现在乱华的国家远远不止五个，而跟以前一样的是，乱华的后果都是没事找抽，后果严重。

眼前的这个菲律宾人除了会说菲律宾话之外，还会说英语，普通话，韩语，客家话……虽然都说得不太溜，带着浓浓的地方口音，但起码能让人听明白——不过如果有选择的话，我倒是希望听不明白！

因为一上车我还没坐稳，她就迫不及待地跟我絮叨起来，说她的老公是个印尼人，开了家美容院，经常带不同肤色的美容师回家里，有时候还会干脆在美容院的美容床上跟来历不明的女子鬼混……

依我看，她这番话准是跟无数的人说过无数遍，因为从她说话的语气中，我听不出丝毫的抱怨和不悦，她就像是在说别人家的老公，或者是家里养的一头公狗，时不时还咯咯地笑几声，像个准备下蛋的母鸡一样，热情而喧嚣。

不过她的话却让我想起了我的妻子，严格来说是前妻，更确切来说是第一任前妻。

我的第一任前妻是一个医生，外科的，经常给人家开肚子，或者把因为其他原因（比如说给恐怖分子炸开）而打开了的肚子缝好。

记得分手前，她跟我说的最后一句话就是，真后悔没亲手给你肚子开上一刀，让那个狐狸精看看你的心肝是什么样的——不是我在为自己做辩解，这个狐狸精纯粹子虚乌有。

我知道她的刀法很准，但生气的时候难免会失准。所以我强忍着笑脸说，你继续后悔余生吧，因为你没机会了——说这句话的时候我脸上的表情很是坚定，夹杂着一丝不屑的笑意，但其实心里一点都没底。众所周知，活在这个世界上，难免会有挨刀子的时候，我们可以选择不给别人刀子挨，但却无法选择不挨别人的刀子。

车窗外的雨似乎越下越大，我把回忆从前妻身上生硬地拉回现实，无奈地发现女司机的嘴还在不间断地闭合着，简直一刻都没停，我不由心生佩服。但佩服的不是她本人，而是她的老公。妈的居然能够忍受这样一个如此多废话的女人？！

我终于失去了耐心，冒着被投诉为种族歧视的危险，决定叫她立即闭嘴——要知道，在2085年，种族歧视可是跟杀人抢劫强奸贩毒同等严重的罪行。

就在这时，我突然发现座位的缝隙间藏着一个火柴盒大小的东西。拿起来一看，随后惊讶地发现原来这个东西还可以翻开，翻开后里面有一页页的小纸张，纸张上则有一行行的芝麻大小的痕迹。

对着车窗内微亮的灯光，我仔细研究了一下，直到快瞎了眼才发现原来上面一粒粒的都是字来的。我急忙从口袋里掏出手机，用手机的摄像头对焦着看——要知道，我手机的摄像头有9000万的像素，完全可以当作放大镜用，随即发现了一个惊人的秘密。

/ 5 /

这是一本日记，严格来说则是一本周记，或者说月记，因为记载得断断续续的。日记的主角叫作沈二，沈二是一个身怀绝技的人。有关这一点，可以从以下几个方面体现：

首先他能够顶着烈日的暴晒任意行走，即便是在正午太阳当空直射人影踩在脚下的时候也是面无惧色，行进自如，而且他从来不打伞，不戴草帽，不戴墨镜，肌肤裸露，甚至还不用防晒霜，最为恐怖的是亲娘的他居然敢跟太阳对视——这说明此人肌肤如冰，一点都不怕热，肤质如铁，完全不怕晒，简直像是个不要命的江湖骗子一样。为了证明我没有打妄语，这里特别引用几段内容给大家看看：

2005年11月，晴。妈的！秋天已经接近尾声，天气居然越来越热，简直跟见了鬼一样。周末的下午，头顶上的风扇正在呼啦啦地吹，可却带来热辣辣的风，汗水淋漓的我坐在家里像一只热锅上的蚂蚁焦躁不安，恨不得像窗外的蝉一样怒对天空咆哮一把。

疯狂的热意束缚了我的灵感，我无奈地对着发白的电脑，左手托着腮帮，右手停留在键盘上，写了半天的情书也只写了二十几个字，除了称呼和署名之外就只剩下这么一句话：还记得我们第一次见面的那个漫天清凉的月色和雾色并且荒唐的大雨始终憋着没下最后终于还是下了的晚上吗，我已经忘了，但我却忘不了……

我觉得这个句型不错，但后面的宾语却始终没有想好。

为了消暑，我决定下楼买根冰棒吃。

临下楼前，我问老张要不要也来根。他正裸着上身，与其说是穿倒不如说是套着条大号的三角裤衩（因为裤衩的橡皮筋松了），专注地看着新下载的松岛枫小短片。听到我说要去买冰棒，他便头也不抬地给我比画了一个 1 字，意思是也来一根——从他裸露着的躯体以及比起手指的弧度结合来看，这一比画带有一种强烈的性暗示。

但既然是仿佛，那就是没有的事儿，我和老张不是黎耀辉和何宝容，也不是恩尼斯和杰克，而是正儿八经的男爷们。

话说回来，今年的秋天太让人失望了，没有了秋高气爽，也没有秋风萧瑟，而是特别地热，比往年最热的夏天还要热好几倍。有人说是因为新的世界大战一触即发，各国都在发了疯地造各种重型武器，不断地散发出几何级增长的热量；也有人说由于基因突变，地球上很多的绿色植物在光合作用的时候不再产生氧气，而且产生二氧化碳——如你所知，这意味着温室效应的程度越来越严重。

下了楼梯，我径直跑到宿舍楼对面的小卖部，身上的汗一滴滴沿着我的手臂往下淌，让我的肌肤在日照下散发出一种健康的光泽，但味道却是不好闻的。

我买了两根雪糕，带巧克力馅的，然后打开其中一根边吃边往回走，暂时陶醉在冰冷的清甜当中，冷不防眼前突然闪出一个美女，只见此女子戴着个墨镜，打着把太阳伞，身材婀娜，凹凸有致，肌肤如雪，巧笑倩兮，美目盼兮，迎面走过来时还露出了一道深难预测的乳沟。

我欲盖弥彰的目光追随着她的身影从校道的一端到另一端，直至消失在远处的转角处，才不由感叹一句，清凉啊！

回到现实后，我把目光聚焦回我的雪糕，结果吓我一跳，原本烟盒般肥大的雪糕早已经融得只剩下条棍了。

我急忙把剩下的奶油一口舔掉，随后眯着眼恼怒地看了看半躲在云中的太阳，只看得我脑门一阵眩晕。为了让我的头不那么晕，我随即把买给老张的雪糕也拆开吃了……

除了视太阳为无物之外，沈二还有很多的神奇之处，比如说公开地在网络上和报刊发表各种各样的言论，其中不乏对政府和社会不公制度的抨击；又比如说他居然能够跟各种各样的动物相处融洽，这简直可以说是我听到过的天底下的最可怕的事情。

众所周知，城市里除了有着顽强生命力的人类之外已经没有了其他动物，即便一旦出现了也会被我们立马杀掉，杀它们的目的只有一个，那就是防止被它们杀掉。当然，被赶出了城市的动物却没有因此而灭绝，它们纷纷逃往城市以外的郊外、野外、森林或者沙漠等等地方，顽强地生活着，恣意地进化着，逐渐形成了新的生态系统。然而不管什么样的系统，都是反人类系统。

“what are you looking？”窗外的暴雨已经小了很多，但依旧没有停下的意思，车停在了一家名叫“全国”的便利店旁边，菲律宾女司机见我一声不吭地盯着手心看，好奇地问道。

“怎么停下来了？到了吗？”我没有直接回答，而是对着窗外望了一下，觉得这儿附近一带都不熟悉。

“没呢？！你快看前面。”

顺着司机所指的方向，一句“我靠”忍不住从我口中应声而出，眼前是堵了几公里的汽车长龙，沿着长龙的尾巴一路往前看去，发现长龙的头处是一团冲天的巨火。远远看去，像是一条正在地上爬行的喷火巨龙，但细看之下便发现不过是汽车燃烧而已，依稀还能听到女人撕心裂肺的哀号声。

“那我下车走回去吧，这种光景估计要塞到明早。”说完我就付了钱下车。临下车的一刹那，我突然觉得背后好像有人在跟踪我。

我急忙转头，并360°地扫射了几圈，但只能看到密密的雨雾中，黑压压的汽车队伍，除此之外什么也没有。

/ 6 /

今天是大周末，秘书早早便打扮得花枝招展地出去狂欢了，所以家里空无一人。我冲完凉便泡了一杯奶茶，坐在阳台上，看着漫天的夜雨，开始思考今天所发生的事情——这是一件非常奇怪的事，以前的我每天都像是个机器人一样，忙忙碌碌地执行着永远执行不完的程序，从来不会有时间去思考，更不会像现在这样独处，像个日薄西山而且膝下无子的老人一样。

我突然觉得周围的一切都有些不太对劲，但又说不上到底哪儿不对劲，就是这种说不出来的不对劲，让我觉得非常之不对劲。

我再次掏出日记来——严格来说，这得算是一本科幻小说，里面的事儿都他妈的太演义太超现实了，这谱也离得忒远了，根本没法靠。

我边看边琢磨着，也不知道这个传奇般的沈二是否还活着，要是活着的话，非得去拜访一下，看看他脑海里的那些怪想法到底是从哪儿来的。

不知道是因为“小说”太过引人入胜呢，还是我今晚本来就没有什么睡意，我坐在沙发上看了一个晚上的“小说”，四周围很安静，只有疲惫不堪的雨滴滴答答地陪着我。

说实话，沈二的“小说”里所描绘的那个地方让我觉得非常恐怖，恐怖在于里面描绘出了一个截然不同的荒诞世界，却又处处包含着最大的真实性。那个世界里的人类做着很多匪夷所思的事情，却又处处煞有介事一般。

从那天开始，我开始每天晚上读一下这本貌似小说的日记。也正是从那天开始，我开始不间断地失眠。

直到一个礼拜后，一切才有了新的改变——我开始每天失眠！

/ 7 /

这几天，我总觉得有人在后面跟着我，在飞速行驶的地铁里，在办公室的洗手间，在因为做爱窗户关得死死的灯光昏暗却暧昧的房间里，甚至在云端穿梭的飞机上的头等舱餐厅里……如果不是异装癖的话，这个人还应该是一个女的，因为我总是能听到高跟鞋的声音，这个声音初听起来不以为然，可一旦你听了三次之后就会变得熟悉，因为高跟鞋的踏地声决定于一个人的体重和走姿——如你所知，这两个系数都是常量，当然，还决定于穿高跟鞋的主人是否似有意掩盖自己，就目前来说，她似乎故意想让我知道有人进行跟踪——如果她不是傻子的话，这也间接说明了她对我没有恶意。

可奇怪的是，每当我朝着声音的方向看去，都看不到半个人影。要知道，我的视力好到能轻易看到十米外某个时髦女郎鼻子上的黑头，要说有个人在周围晃来晃去都看不到，实在说不过去。

于是后来我改变了策略，听到声音后也不再像个傻子一样四周围乱望了，而是直接往声音的源头冲去。心想这神秘娘们蹬着对高跟鞋，怎么也跑不过我一个大学时破过学校400米短跑纪录的长腿男吧。

所以，如果你恰好生活在2085年的@城，经常路过自由路和报国路或者你干脆就是在自由大厦上班，你就会经常看到这么一幅场景：某个西装革履的中年男，慢条斯理地走着走着，手里有时候还拿了杯茶，或是夹着个白色公文包，看起来像个呆子般的机器人，然后突然像只听到了声响的兔子一般站直，耳朵竖起，待到确定了声音的方向后就猛地暴奔了起来，偶尔还会听到一句“哪里跑，妖孽！！”从这男人的口中跳出，颇有杀气，但杀气只持续了不到一分钟，又看到他垂头丧气地走了回来。

几番下来后，我知道狂奔找人的策略没有任何的效果（唯一起到的效果就是强健体魄，增强身体免疫力。那阵子我的身子骨特别好，啤酒肚没了，患了多年的咳嗽也不治而愈了）之后，于是便再次调整了策略：每当有可疑声音的时候，我就慢条斯理地放下手中的事儿，语重心长地劝道：我说老妹啊，你老躲着干吗呢，出来聊聊嘛，啥事不好沟通的。或者说，你吃饭没有，要不等下一起吃个饭？我知道最近克隆路旁边开了一家主题餐厅，里面的菜和服务员都很正，准保你吃完下次还闹着我带你去……

说实话，这样子劝倒是有一定的效果，我有好几次都听到高跟鞋走走顿顿的声音——这说明对方正在迟疑要不要出来。但这样对着空气说话也有一个不好的结果，那就是容易让人以为我是神经病。

为此，董事会的领导找我谈过几次话了，关心地问我是不是最近压力太大了啊，要不要休息一两小时呢，同时也顺带地关心了下我的家庭问题，说我虽然婚姻屡屡不顺，但也不要放弃啊，再去找个伴儿吧，同事老严（公司设计部的奔四老处女）就不错嘛，人长得不差吧，又会打扮，对你也好像挺有意思的……

在多种策略交替使用都无果之后，我去了趟医院做检查。医生说我心肝肠胃肾都有毛病，耳朵倒是好使得很，不存在任何的幻听现象。虽然按规律来说，医生的话一般只能信一半，但由于我自己的话也信了一半，所以可以确定这个高跟鞋的神秘女郎的确存在。

当然，要证明一个人是否真的存在，最好的办法还是见到此人。所幸的是，在拿到日记后的第五天，我总算是见到了那个穿高跟鞋的女人。

/ 8 /

记得，那天晚上的雨特别抽风，跟正处在歇斯底里时期的女人一样，雨似乎不是直接下来的，也不是用脸盆倒下来的，而像是某人直接在天空用高压消防水枪喷下来的，带着一股绝望、悲观和愤怒的情绪。

我站在公司的大门口，看着同事们一串串地离开，他们有的是坐无人驾驶的士，有的是让人来接，还有的是直接打着伞就冲了出去……这说明每个人都迫不及待地想回家。

当然，考虑到有些人不是回家，比如说去泡夜店，或者说他们本来就没有家，所以准确来说是每个人都迫不及待地离开公司大楼，离开这个有着免费空调和干净地板并且灯光明亮的地方。

值得补充一点的是，虽然他们都走得很快，但在离开之前都不忘跟我打招呼，脸上也都露出了程序式的微笑，很灿烂，带着几丝疲惫，可是要说真诚或者说自然那就未必了。之所以会这样，那都是因为我是他们的领导，对领导微笑是再理所当然不过的事了，但要是说笑得多好看就无法要求了。

有关这一点，我表示非常理解，因为我上面也有领导——没有人上面没有领导。

跟往常一样，等到公司最后一个员工都走了之后我才准备离开。但其实我也没站多久，大家离开公司的速度非常快，下班后不到三分钟整座大厦就几乎变成空楼了，包括清洁工、物管和穿得像皇家特警的女保安。

雨下定了决心，不顾一切地越下越大，借着强劲的风势，天地间变得一片茫茫。我心想这么大的雨，那个穿高跟鞋的神秘女人不会再跟踪我了吧。一念至此，我心里不由一阵得意，像是个刚刚刑满释放的犯人一样轻松。

大厦的灯光已经自动熄灭，取而代之的是门前一盏巨大的激光灯。这盏灯最大的特点就是爆亮，跟建筑工地的那种差不多，也跟监狱里的一样，足以把黑人的脸色照得跟白人的尸体一样惨白。当然，除了照明之外，它还有一个功能，那就是防窃。

此刻，西装革履的我左臂夹着一个“Freedom”（自由）牌的公文包，右手拿着把黑色的“What the hell”（任地狱）

牌的折叠伞，站在磅礴的大雨前发呆，脑海中并不是想着回家——如果从别人的角度来看的话，我像是在等人，但事实上我谁也不等，也没有人可以让我等，我只是暂时不想走而已。如果非得问我为何还不想走，我也说不上来，我只能说这是我的一个习惯。

突然之间，我隐约听到从街对面传来一阵熟悉的高跟鞋的声音。这个声音的奇怪之处在于它居然能够轻易盖过如此大的雨声，而且还是来自于大雨深处。

由于雨雾太厚，我睁大着眼往雨中使劲地望，却完全看不出 3 米之外。与此同时，我却能够清晰地听到高跟鞋的声音慢慢临近。

“咯噔……咯噔……”一道闪电当空闪过，划亮了整片天空，紧接着而来的是一阵长达 20 秒的轰轰雷声，震动着半座城市，似乎要把它给震醒，但我知道那只是徒劳无功。

随着高跟鞋声的逐渐清晰，一个身材高挑的女人带着滚滚的神秘气息越出了雨帘，映入了眼帘。只见此女子如我所料地穿着一双高跟鞋，白色的至少 8cm 以上的单根，搭配着一套深 V 领的黑白格子裙，裙尾刚好没过诱人的大腿，显得整个人很高——事实上这个女人也不矮，目测估计能到我眼睛以上。

此外，女人还留着一头黑色的长发，在风中不断地摆动，画面感很强，不过却让我想到中世纪时期的女巫。

我愣愣地看着这个巫师般的女人越走越近，直到跟前，心跳由原来的剧烈加速逐渐恢复了正常，随后露出了一副像是遇到了老朋友似的微笑，可你肯定想不到我的左手早已插入到公文包里，那里放着一把装满了激光弹的手枪——这说明我丝毫没有放松警惕。

要知道，现在这个社会的犯罪率远远高过离婚率，而且犯罪的人个个都喜欢打劫富济贫的招牌（如你所知，我还算是小富），所以面对如此突兀的陌生女色，我不得不做一些准备。

“你好！沈总。”

“你好，高跟鞋，你总算露出了庐山真面目。”

“哈哈哈，非常抱歉，若非逼不得已，我也不想这样。”

“不想怎样？不想躲起来，还是不想像现在一样以这样的方式见面？”

“呵呵，都不想。对了，日记读完了吗？”

“不会吧，那本日记是你留的？那还叫日记啊，整个一科幻小说。”

“觉得里面所写的东西太离谱了？超现实？！魔幻荒诞主义？！”

“是的，听你语气，你应该也读过。不觉得太荒谬了吗？”

“或许吧。哇噻！这是啥牌子的灯啊，吸血鬼的克星吗？！也太亮了吧。我们赶紧换个地方，对我来说，太亮的地方都不安全。”

“你属吸血鬼的？！”

“哈哈，差不多。你还是跟以前一样有意思。”

“我们之间有过以前？”

“现在就是未来的以前。”她急匆匆地答道，“先不废话了，赶紧换个地方吧。”

“那去我家吧。如果你不介意的话。”

“当然不介意，不过得坐我的车。”

上车后，女人大大地吐了一口气，脸上的神情也一下子舒展了开来，像是一个刚坐完过山车回到地面的孩子。

我坐在副驾上，看着她的侧脸，觉得这个女人很熟悉，但一时又想不起到底是谁。这种绞尽脑汁地在回忆里找面孔的感觉实在不好受，但我却死活不想问她——我就是这样一个脾气古怪的人。

她似乎看出了我的心思，笑着说，晚饭还没吃吧，先吃点零食。我车里放着很多糕点，矿泉水也在后面，自己拿。吃饱了我们好好聊聊。

我说谢谢我不饿。她说没事吃着吃着你就饿了。

我顿时无语，心想哪有这样的，为了饿去吃东西，罗素的悖论都没有这么悖吧。

她见我一动不动，于是又催促道，你还愣着干吗，你要真不想吃，就帮我打开，我一天没吃东西了，你没听到我肚子在咕咕地叫吗。

我拆了个小包装的蛋黄派给她，然后自己也拆了包，还真给她说对了，才吃没两口我就饿了，然后我们就在车里吃起了零食，像是两个认识多年的朋友一样。

“还没想起我是谁？”

“鬼才知道你是谁。赶紧说吧，好奇不但能害死猫，也能害死人的，大姐！”

“哈哈，那你赶紧问吧。”

“你找我干吗来着？”

“说来话长，我叫小悠，这个名字熟悉吧，呵呵，不是因为随处可见，而是因为我们以前就认识，只是你忘了而已。”女人沉思了片刻，然后先自我介绍道——这说明她让我问问题纯属客套，她压根就不想回答我的问题。

“我就这么健忘？！对这么一个皮肤水润样貌出众的时尚潮女。不可能！我还没老到那种程度！！”

“哈哈，先说个秘密给你听吧。其实我是通缉犯。”

“我还是 FBI 呢。”我不假思索地答道。

“我说真的，迟点你就知道了。也许不用迟点，你家里没准已经有公安找上门了。”

“你说真的啊？！到底是怎么回事，你要再不说我要叫了哦。”我打趣道。

“现在不是慢慢地说吗。你觉得眼下的这个世界怎么样？”

“怎么突然聊起世界来了？”

“你先回答我，认真地答我，回答前先想想。”

“不知道，还行吧，是操蛋了些，但没啥不妥吧，呃，在你出现之前没啥太不妥，可自从看了你给我的日记之后，我还真的觉得眼前的这个世界有些荒诞。晕，都给你整糊涂了。你不会真是通缉犯吧我说？！”

“哈哈，是吧。你家到了，今天我就不过去了，没想到今天的天气这么恶劣他们都追这么紧，还真把我当一回事儿了。嗯，没时间跟你多说了，我会再联系你的。”

“谁追这么紧？你耍我啊？！你这样说得不明不白的太不够意思了吧。”

“你先下车，我再告诉你一个秘密，这也是我今晚找你的主要原因。”

“说吧。啥秘密？神秘兮兮的！”

“呃——日记其实是你自己写的，所有的内容都是你自己写的。”话音刚止，小悠对我意味深长地笑了笑，然后一溜烟地消失在了茫茫的雨雾中。

/ 9 /

不可否认，这座城市的雨夜还是挺美的：林立却统一的高楼大厦，黑白色的哥特式建筑，干净整齐的街道旁一对正在恣意野战的男女，还有那不知从何处传来的曼妙的《寂静之声》钢琴声……一起共同构成了 2085 年的都市夜景。

然而，这熟悉的一切在我的眼中，却在悄然间变得陌生而不确定了起来。

跟小悠分开后，我湿漉漉地回到了家，刚把衣服脱个精光就有人敲门了。我还以为是小悠又绕回来了，于是赶紧把湿答答的衣服再次穿上去开门，结果一看，发现是两个更加湿漉漉的警察，一个是中年大叔，留着络腮胡子，嘴上还叼着口烟，一个是青年小哥，肤色苍白，露出了一脸莫名的严肃。

他们几乎是二话不说就撞入门来，随后马上分开两边在我的房间里搜查，搜了大半个小时后又回到了大厅，走到我面前，掏出个平板电脑，指着电脑上面的一个女人的相片，严厉地问我有没有见过这个女的。

我一看相片居然就是小悠，当即不假思索地说没见过。

“你确定？！”其中一个警察眉头轻挑，厉声喝道。

我说我非常确定，这样一个标致的大姑娘，别说见过真人，就算见过照片也不会忘记的。我还没有老到忘事的程度！

听完我的话后，两个警察都半信半疑地看着我，足足看了有两分钟，直看得我心底发毛。所幸在我露出破绽之前，那中年警察吱声了，说那我们走了，要是见到这女的第一时间报警。这是一个罪大恶极的通缉犯，带有极度危险的精神病，千万别被她漂亮的样貌给迷惑。

正是从那晚起，我开始无可救药地失眠了，偶尔睡着也会做噩梦。不过，梦却很没有新意，总是梦到我被抓住，被严刑逼供，被推上法场（都2085年了，这种死刑方式也颇有复古的味道），但我没有死，因为每当快死的时候我都会给吓醒，每当醒来我都庆幸这是一个梦。

小悠再也没联系我，不知道是不是被抓了还是怎么样，我现在有事没事就看电视，浏览网页，偶尔路过警察局门口的时候也忍不住要兜过去看看，看有没有小悠被抓获的消息，可却一直一无所获。

没有了随处可闻的高跟鞋声，我变得非常不习惯，更可恶的是我还得重新习惯随处可见的便衣，他们活跃地隐藏在我周围五十米的地方，只为了监视我的一举一动。

对此，我表示理解，我不能理解的小悠临走前跟我说的话，完全不知小悠的葫芦里卖的到底是什么药：为什么我跟写日记的沈二是同一个人？怎么我没有任何的印象？小悠这么一个漂亮开心的女孩怎么跟罪大恶极的通缉犯挂上钩呢？她犯的又到底是什么样的罪……这些问题都像是一把把相互锁上的锁，只有互相解开才能够真正解开，但我却一把钥匙都没有。

转眼几个月过去了，雨季也结束了，世界迎来了灿烂到近乎惨烈的夏季，期间我把沈二的日记来回看了好几遍，越来越觉得日记里的世界是真实的，只是那个世界到底在哪儿呢？难道我们有两个世界？还是说本来就是同一个世界，只是处在不同的时间而已？

说实话，比起这些百思不得其解的问题，最要命的是，我惊讶地发现自己居然开始提问题了——要知道，过去的这么多年，我从来都习惯了按部就班地做任何事情，觉得任何的事情都是理所当然，从来没有真正思考过这个世界为何是这样，不是这样的话到底会是怎么样？我是否真正爱我的生活，爱我的工作？爱我身边的每一个跟我一样忙碌的人？

有关那本日记，值得补充的一点就是，在日记里，沈二所写情书的对象居然也是叫作小悠，里面有一张素描甚至跟小悠的样子非常像——这意味着小悠很可能是跟沈二认识的，没准还谈过恋爱。如果非要说沈二是我，那岂不是跟小悠说的那样，我早就跟她认识？

一念至此，我更是丈二和尚——摸不着头脑了。

摸不着头脑的办法也只有一个，那就是一直等小悠的再次现身，以帮我解开那些蜘蛛网般杂乱的谜团。可恶的是，我根本不知道要等多久，也许是几天，也许是一辈子。

在此之前，日子当然还是得继续。

/ 10 /

周一是公司例行的会议，时间不到 9 点，各部门的话事人已经到齐了，只有销售部的王总监没到，所以会议还是不能开，因为公司的会议原则是：一个都不能少。

大家进来后便有条不紊地坐了下来，一声不吭地，像是来到了一个墓地。我坐在巨大的方形檀木桌的最前方，嘴里叼着支烟，慢慢地吞吐着。

在会议室的进门处，放着一张半米高的小玻璃桌子，桌子上面有一个四分之一米高的纸质盒子，盒子上印着几个楷体字：时间就是金钱，下面跟着一句英文：Time is Money。

办公室里很安静，只听到墙壁上的时钟嘀嗒嘀嗒的声音，大家都像是没有睡醒的猫一样正在补眠，空气中弥漫着一种幸灾乐祸的气氛，而且有逐渐变浓的趋势。

九点刚过 10 分钟，大家一直在耐心等候的王胖子总算出现了。只见他气喘呼呼地冲了进来，见大家都在，而且还死死地盯着他，也就很自觉地从钱包里掏出了一张500元和两张200元，然后不情不愿地扔进了那盒子。

完了之后，他把钱包倒过来给大家看，示意钱包已经掏空，无能为力了。

然而，大家的眼光一点都没变温柔，而是齐刷刷地聚集到了盒子右下角的二维码，结果王胖子没办法，只得又掏出手机，扫了下二维码。随着手机发出“你已消费100元”的女声后，办公室的气氛才缓和了过来。

我随后对王胖子说，老王，快休息一下，喝口茶，赶这么急，都一身的肥汗了。

王总监讪讪地笑了笑，没有答话，随后坐在了办公室里唯一的空位处。

“好，会议现在开始！”我挺了挺胸，“首先还是老规矩，各部门说说上周的工作情况和本周的工作进度。嗯，今天就从市场部开始吧。”

没想到我的话音刚落，市场部的李大美人也还没来得及站起来说话，门外就冲进了两个全副武装的警察。

值得一说的是，玻璃门本来也没有锁，推开便是了，可是这两小哥像是好莱坞大片里的FBI一样，直接一脚就踹开，玻璃门硬是给踹得一下撞向了对面的墙壁，粉身碎骨地发出了巨大而尖锐的声响。

冲进来的两个警察由于武装得过密，所以只能看到两只眼睛，只见他们一声不吭地用枪口对着我们，也没有让我们不要动——当然，在场的人都给他们的声势和架势吓呆了，个个呆若木鸡地坐着。

过了5秒钟不到，门外又颇有效率地冲进了3个装束一样的荷枪实弹的警察，进来也同样用枪口指着我们。紧接着，我们听到了一阵响亮而清脆的皮鞋声，声音由远至近，并最终出现在了门口。

出现在门口的是一位略微秃顶的中年小哥，衣着光鲜，眼神尖锐，头发跟脚下的皮鞋一样锃亮，一看就是他们的话事人，只见他一进门就皮笑肉不笑地扫视了会议室一圈，随后问道，谁叫作沈不美啊？！

刚问完，在场的所有同僚都面面相觑，露出一脸的白痴状。

再问一遍，最后一遍，谁叫作沈不美啊？！！看了这么多年的电视，受过这么多年的教育，“坦白从宽，抗拒从严”的道理不用我强调了吧？！

在场依旧是没有人呼应，类似的画面让我想到多年前的大学教授对着一班鸦雀无声的学生提问时的场景。

气氛由开始的紧张变得有些僵持，不过也没有持续多久，话事人旁边的一个特警凑过来在他耳边嘀咕了几句。那小哥的脸上顿时从铁青转到了绯红，但很快又在 2 秒内转回了淡黄，变化之快不亚于川剧里的变脸。

“呃——我重复一遍！！在座的各位有谁是叫作沈不悔的？”话事人佯装咳嗽了一下，然后字正腔圆地大声喊道，原来他之前把“悔”字认成了“每”字。

在座的各位忍住笑声，齐刷刷地把目光投到了我身上。

“你好你好！！警察同志！！小的就是沈不悔了。劳烦你大驾光临，有什么事传呼我一声不成了！”我在一旁早已经忍不住笑声了，“来，抽根烟！”

“少他妈废话！！带走！！”话事人大手一挥，两个特警就把我胳膊一反扭，然后咔嚓一声把我反铐住了，然后再在我的脖子上咔嚓一声又套上了个银铁圈，其中一个警察便拉着我走了。

老实说，被人架着走的感觉不是想象中的那么忍受，特别是架着你走的人比较高，简直就是跟坐轿子一样舒服，唯一让我痛苦的是我才刚走没多久，脑后就传来王胖子爽朗而清脆的笑声。而且这种笑声还会传染，很快便在整个办公室里传了开来，并且声音越来越大，就像在举行一场盛大的晚宴一样。

直到后来，我才知道是王胖子报的警。他今天迟到也是因为去了我家，偷偷地看到了我在读那本神秘的日记。要知道，他老早就想坐我这个位置了，一直在暗地里寻找机会，见我这阵子魂不守舍的，更是加强了证据的搜集工作。

/ 11 /

眼前的这间监狱，看起来似曾相识，但据我所知，我这辈子还从来没有进过监狱。跟想象中不一样的是，这个狱室更像是某个精神病院的房子（后来发现，这还确实是一个精神病院），大概有 20 平方米，周围都是空空的，墙壁给刷成厕纸一样的白，窗口开得出奇的高，快赶上两个 NBA 球员叠起来的高度了。

在房子的正中间有一张桌子，桌子是塑料材质的，四个角都做了钝化处理，没有什么侵害性。此外，这张方桌看起来很轻，但死活搬不动——不是我没有吃饱饭，而是因为桌腿给钉住了，桌子的两边还分别配有一个同样材质而且同样搬不动的凳子。

此外，在靠墙壁的地方，有一张白色的泡沫气垫床——如果我没有猜错的话，这是用来给我睡觉的地方，我环顾了一下四周，没有什么好看的，有点闷，而且还有点累，于是便回到床上睡觉。

“这儿舒服吗？”进到监狱后的第三天，一个自称我家亲戚的老太太来看望我。

“舒服啊。平时在家老失眠，这儿头一沾枕头就睡着了，而且每每一睡就是6个小时以上，半个梦都不做。”我精神抖擞地回答道，“对了，你刚才说你是我谁啊，我老妈姐姐的远方表舅他妹？！没搞错吧？！”

“嗯。”

“你先跟我说我叫什么名字先？”

“错不了啊，你不叫沈不悔吗？！沈家单传的公子。”

“汗啊，活这么多年了，我怎么不知道我有个这么八竿子打不着的亲戚。莫非我给判死刑了，你是来继承财产的？！那大婶啊，恐怕得让你失望了，我那点儿存款都给前妻和前女友们当分手费去了。”

“不会吧。那我走了，你好自为之吧。”老太太一听说没钱可捞，立马起身作势离去。

“哇靠！你还真是来要钱的啊！真是世风日下人心不古啊！！”我目瞪口呆。

“哈哈，跟你开个玩笑了。我都一把年纪了，还要钱干吗？！”老太太重新坐下，笑得合不拢嘴。

“你的牙齿怎么——怎么——那么整齐？！”我刚合上

的嘴巴再一次张得老开。老太太急忙用眼神示意我小声点，然后又唇语说，我是小悠。

“那你来这儿干吗？！”我嘴巴干脆合不上了。

“这样说吧，我想告诉你到底是怎么一回事，然后想办法救你。”

“好啊好啊，这几天他们把我关在这儿一个劲儿地问我日记本在哪儿，我说我忘扔哪儿了，也不是什么重要的玩意，看完就扔了，放我回家里找没准能在厕所里找到。可他们死活不肯放我走，说我要是不说出来就一直住这儿，看谁耗得起。其实这儿也没啥不好，好吃好住啥事不干……”

“幸好你没有交出日记本，要不你早就不在这儿了？！你听着，日记的内容你都记得吧，里面的那个人就是你。你不记得是因为你早就死了，你现在活着是因为他们让你活着，其中隔了好几十年，但时间和记忆在2085年都是最不可靠的东西，现在你看似活着，但其实只是一个没有灵魂的躯体，也可以说是一个机器人，但你不是由机器组成，而且由细胞。你只会按照他们给你的意志活着，忙忙碌碌一生，直到再一次死去！然后又一次带着别人强制灌输在你脑海中的意志来到这个世界，可能会来到2185，当然也可能从此不在了。”

“你把我搞糊涂了。什么我死了什么我现在还活着。”

“没事，你把我的话记下了就好，回头再慢慢消化，这里有足够的时间让你消化的。对了，其实那本日记本相当于一把钥匙，开启你过去的回忆。这些回忆在你给克隆之时已经给抹去了。”

“妈的，克隆？！我是越整越糊涂了，你再说清楚些啊！”我几乎是晃着小悠的肩膀追问道。与此同时，房间里的警钟响了，门外冲进来了两个壮男。

“没时间了，等你出来的时候再说吧。”小悠用唇语飞快地说道，说完就站起了身，“对了，在选择死刑执行方式时，千万要记得选断头台！”

/ 12 /

皎洁的月光，如同穿梭了几百年的岁月，带着复古而清澈的凉意，从高高的窗口折射入屋，并像缓慢的河水一样，蔓延到了我身上，我从梦中睁开双眼，看着眼前如水的月光，心里升华起一阵浓浓的醉意，觉得人生虚妄如是，莫不叫人叹息。

“长夜漫漫慢，最怕三更醒；月影无华处，却是最动人。夜风……”我突然诗兴大发，对着这满屋子的月色大口吟唱道。

“吵啥啊吵，吵你妹啊！！明天就要砍头了，还他妈的这么多话！！”没想到我诗兴正浓，住在对面的精神病人，却突然大声骂道。

“Sorry！我不知道你睡着了。老哥，你不是不睡觉的吗？！”

“我正跟外星人开会呢！你丫的这么一吵，把人家都吓跑了，还以为恶鬼敲门呢！”

“原来外星人也相信有鬼啊！！”

“妈的，你丫的懂个毛啊！在他们眼中，有的人就是鬼，有的鬼就是人！！”

这还真他妈的是至理名言啊。我暗忖道，决定不再跟他争吵了。

月色依然，清风不语，四下里再次恢复了墓地一般的死静！

躺在床上，思绪如潮水般地在我的大脑里涌动，后者像是飓风天的大风筝一样疯狂地旋转了起来：我为何会来到这儿，来到这个本以为是监狱但其实是精神病院的地方？来到这儿后，为何我通讯录上的联系人起码有几千个可现在却没有一个朋友来看我？他们到底是进不来还是不想来呢？我是否真的就是写日记的沈二？这个世界到底在畏惧着什么？以致非要将我置于死地？

这一个个的问题都像是有答案，但这些答案又是如此的荒谬。我想把它们一一捋顺，可困意却像是大山一样把我压倒，我不知道为何在家里轻易便可以失眠，在这儿却像是吃饱后的猪一样，总是想睡——即便明天便可能永远地睡去！

在彻底入睡之前，我想了很久，总算在迷糊中找到一个自己还算满意的答案——对于2085，如今的我知道得已经足够多了，多到我自己都觉得累。

天空是一片焦灼的惨烈，热情的阳光带着浓浓的烫意，空气早已停止了流动，似乎随时都要燃烧起来。在这一片莫大的热浪中，我第一次想起很多年前去过的撒哈拉沙漠，那个我出生并长大的地方，那个荒凉的却驻扎着我所有的美好回忆的地方。

车子在慢慢地前行，穿过宽阔却拥挤的大街，两边的人群在撕心裂肺地叫喊着，似乎对我（一个纯粹的陌生人）恨之入骨——不得不佩服相关部门的办事能力，让我这么一介草民在短短的几天内成了罪恶滔天的人民公敌，但仔细想想，其实要办这样的事也容易得很，只要在电视或网络噼里啪啦地宣传一番即可，几分钟就可以让一个人身败名裂，也可以让一个人霎时名满天下、家喻户晓并被奉为偶像。

说实话，对于人们的疯狂，我并没有太多的抱怨，我完全表示理解，毕竟苦闷而孤独的人类需要一个可以发泄的对象。换了是我，看到有人给捆得跟头野猪一样游街示众，也准会很开心地围观，像是过节一样。

活到我这把年纪了，还是第一次受到如此大的关注，不免有些受宠若惊。倒不是说我这个人没见过大场面，说真的，再大的场面我也见过：第三次世界大战时几万人握着机关枪冲锋陷阵几千辆各种型号的战斗机满天乱飞的场景我见过，第 29 界世界杯决赛的时候几千个法国和西班牙的巨乳肥臀女球迷围在南极的世界球场外火拼得一个个衣服乳罩碎片乱飞的场景我也在现场，2075 年毕业的时候某场招聘会的某个 500 强公司高薪招人几十万的大学生同时排队队伍长过了几条街的场景我更是体验过……

然而，这些大场面的主角都不是我，这是最本质的区别——如你所知，在舞台下做观众和在舞台上做演员的感受是截然不同的。

从精神病医院到城市中央广场的路程不过区区几百米，80 岁的老太太半小时内也能走完，可车子却硬是开了几个小时——倒不是我心理上觉得慢，而是车子的确是开得出奇地慢，妈的也不知道是故意要慢慢折磨我还是因为砍头的时辰未到。

其实，我倒是希望越慢越好，这也不是因为我留恋这个世界，想苟活多一阵子，而是说车子慢的话我比较容易找到小悠。

还记得那天，这妮子扮成老奶奶来看我，临走前她眼神坚定地告诉我，她一定会把我救出来的，请我放心！这几天在监狱里好好地养好精神，到时候跑起来不会掉链子。

精神我的确是养好了，在监狱里的几天每天吃了就睡，睡醒就吃，我都胖了10斤了，可就目前这个情况来看，我一点都不放心！

为什么呢？这样来说吧，如果从目前运送我去法场的架势来看的话，不知道的人还以为是要杀上个世纪的希特勒呢。你想想，天上有三架直升机在我的脑袋上不断地绕圈，两辆广州最新研制的近光速战斗机来回地哗啦，地面的部队就更加不要说了，装甲车、坦克、摩托车、道路两旁的大厦里面隐藏的无数个永不失准的狙击手等等，要不是我现在是站在笼子里而不是坐在汽车上，还真像是领导人在阅兵。

明晃晃的阳光逐渐移上了头顶，围观的群众也不知道是不是热晕了脑袋瓜，疯狂的热情开始不断地高涨，不时地有节奏地唱起了歌，歌声整齐划一得厉害，唱烦了的话就玩起了人浪，人浪协调统一得惊人。

终于，我还是给拉到了法场，跪在2085号断头台上，跪在无数翘首以盼的老百姓面前，内心非常激动，甚至还有些煽情，感觉自己算是死得其所为国献身杀我一个还有千千万万……

对于我跪着的这个广场，我觉得非常熟悉，每天上班我都会经过这儿，有时候是开车路过，有时候则直接走路经过，但是我从来没有在这儿停留过，也没有留意过周围的风景。

老实说，周围的环境还是挺不错的。从我跪着的这个角度来往前看，视线绕过密密麻麻的人群，映入眼帘的是一个巨大的人工湖，湖水在阳光的照射下正发出晶莹剔透的光芒，如同孩子的心。

在我的左边是几栋耸入云顶的巨厦，大概有200多层高吧，没认真数过，现在想数数也不行了，头上套着个木架子，抬不起头。这破楼我之前来过好几次，低头求人办事，没少砸过钞票。

此外，在我的右边站着一个光着膀子的大块头，挡住了我的风景——当然，严格来说，这个拿着大刀片子的油光满面肌肉发达的刽子手，本身就是一道残酷而绝美的风景，只是这道风景带着热辣辣的杀意而已。

考虑到他此刻是站在我的右边，所以可以推断出这个刽子手是个左撇子。为了证实我的想法，当然也为了缓解一下内心的恐惧，我没话找话地问道，老兄，左派啊——不得不承认，在 2085 年这是一个十足恶毒的玩笑！！

左你妹啊，砍你丫用左手就够了！瞧你那样，跟只瘦鸡似的。

哈哈，老兄，没想到你还真幽默啊。对了，我听说有一种润滑油，抹在脖子上刀可以更快些。

没那玩意！

好吧，我裤子右边的口袋里还有 6000 元，看能不能给大哥买点好酒好烟的。

不早说啊！刚好我想起来了，今早出门的时候买了瓶新的润滑油，德国进口，总统专用，我马上给你脖子抹上，待会下刀保证快到你一点不痛，跟夏天吹冷风似的，一个字：爽！

你人真好，真后悔没早点认识你，要不可以一起去吃个烧鸡喝个酒啥的。

都自家兄弟，说这些多见外啊，没事，20 年后一条好汉，到时咱们再找机会撸串，我知道这里附近有一家烧烤摊，味道不错价格也实惠，我每次下了班就会去那里喝酒。

……

“当当当……”广场上突然传来了一声巨大的声响，如同火宅地震或者战事防空时响的那种长鸣。紧接着是全场的一阵轰动，我顿时给吓了一大跳，心想时辰应该到了吧。看到大家这么持续而不知疲倦地兴奋，我心想如果不死得好看的话还真有些不好意思了，这种心情相信那些登台表演的歌星也有共鸣。

带着复杂的情绪，我艰难地扭头望了望右边的刽子手，他没再吱声，只是用坚定却略带温情的眼神鼓励着我。

与此同时，我扭头在四周找了找，可却依旧没有看到小悠的身影！倒是看到了笑得没有了眼睛的王胖子，看到了办公室里甚至整座办公楼的人，看到了我的前妻和前前妻，看到了菲律宾司机……

奶奶的！这死丫头，关键时刻不会是睡过了头吧？！

天空的太阳依旧惨烈，阵阵的夏风带着浓浓的热意迎面而来，我脑海中的回忆开始倒带般地闪过，一直倒带到我的小时候，然后顿了顿，继续往前闪，有关沈二的回忆也霎时像是充电一样充塞着我的大脑，我感觉我的大脑像是从一个缺氧的水底突然浮出了水面，一种从未有过的鲜活油然而生。

这是这辈子以来第一次有活着的感觉，可讽刺的是，我马上就要奔向死亡了。

正当我准备闭眼的时候，远处的湖面上，出现了一个熟悉的身影，而且毫无疑问，是一个姑娘，只见她穿着一条雪白色的长裙，裙摆在风中不断翻腾，带着一丝生机勃勃的春意，带着一份浓郁而明媚的希望，更带着一种无所畏惧的与命运抗争到底的海明威式的坚持……

稳稳的幸福

/ 1 /

2015 年的 11 月，冬夜挨着凌晨，星光挨着路灯，天空下着微微的雨，街角刮着阵阵的风，气温正在迅速地下降，但这座城市，依旧热意未退。

陈奕迅的演唱会刚刚结束，数万名观众正肩并着肩，人挤着人，以一种意犹未尽的姿态，匆匆忙忙地退着场。

这是我这辈子以来，第一次觉得人多也是件幸福的事——当然，不是因为演唱会的气氛热烈，感染了我，也不是我衣着单薄，夜寒侵骨，在人群中反而能寻得一丝暖意，而是因为此时此刻，陪在我身边的，是一个我深爱着的姑娘。

我们终于还是挤出了人群，找到了小车，然后一脚油门，开出了闹市，上了广珠高速，义无反顾地驶进了茫茫的夜色中。

/2/

夜色已深，高速上的车并不多，我假装认真开车，她假装认真睡觉，但其实我们都在认真地听着歌，没有说话。

大约三首歌的时间过后，我终于半开玩笑地提议道：

“要不今晚就不回广州了？去珠海吧，我母校。反正明天也是周末。”

她依旧闭着眼，没说什么，堪称完美的侧脸，在忽明忽暗的灯光下，显得是如此不真实，如同梦境一般的美——我知道她没睡着，也肯定听到了我的话。

这也意味着，她默认了我的提议。

悄然间，雨已经停了，夜风从窗口钻了进来，带来了丝丝的惬意。此刻，车里正放着的是陈奕迅的《稳稳的幸福》：

“我要稳稳的幸福，能用双手去碰触。每次伸手入怀中，有你的温度。”

时间在这一刻突然被冻结，空气中也似乎弥漫着花的香味，世界更是在一瞬间变得安静而美好。我知道，经过这么多年的寻觅，我要的幸福，稳稳的幸福，终于要来了。

/ 3 /

故事要从去年的夏天开始说起。

眉眉在一家国际 4A 广告公司上班，我们公司则是他们的最大客户。她毕业不是很久，来这家公司也不过三个来月，因为一个项目的关系，我们有了第一次见面。

“看来某人的拍照技术不怎么样嘛。”此前只是在手机上看过照片，现在才见到真人，我笑着说道。

“你看过我拍照？”她露出了疑惑的表情。

“因为真人比照片好看很多啊。”我满脸实诚地答道。

她随即反应过来，露出一份略带羞涩但却心安理得的微笑——能看出，这是打小就是美女所培养出来的自信。

如果说喜欢一个人，靠的是感情的日益积累，那么爱上一个人，往往只会发生在某一个瞬间——而眉眉那天的微笑，正是这样的一个瞬间，拨动了我尘封多年的心弦，轻易便让我感觉到了一份“春风十里不如你”的美好。

值得一提的是，我一直就有负责公司的美女促销团——不管是青春正好的“氧气”校花，还是风情万种的模特主播，都经常有接触，可谓是阅女无数。但在眉眉的身上，却有一种其他姑娘所没有的气质，像是小龙女一般出尘脱俗，看似冷漠的外表，藏着一颗需要人疼爱的心。

“她一定受过情伤。”我当时就有这么一股强烈的感觉，“我不能伤害她，更不能让别人再次伤害她！”

/ 4 /

初次见面后，我们的关系得到了迅速的升温。如果说恋爱也分季节的话，我们的恋爱算是经过了春天的含苞欲放，正式进入到了火热的夏天。

国庆节的前一晚，我问她去哪儿，她跟我说要回惠州老家。

我惊讶道，不会吧，我老家也是惠州呢，我是明天回。

“真的啊，太好了，那我搭你的顺风车好了。”

结果第二天，她就跟我的车回惠州。而且，经过我半专业的导游式宣传，我们硬是把 3 小时的车程，开到了 9 个多小时，因为在途中，我成功地说服了眉眉，临时起意地去了东莞的松山湖游玩——那是周星驰的电影《美人鱼》的拍摄地。我之前有做过功课，她一直就很喜欢这部电影，也喜欢扮演美人鱼的林允。

直到晚上九点，我才把她安全送到家，然后随便在附近找了家酒店，颇为甜蜜地睡了一晚——如你所料，我的老家并不是在惠州，我只是提前做了调查，打听到她的国庆节安排，特意送她回家而已。

/ 5 /

10月底，我跟眉眉的关系成功地进入到了秋天。所谓“稻花香里说丰年”，爱情的果实，想必马上就可以采摘了。

我跟眉眉约了一个周末，去阳江看海。一直以来，她都喜欢山多过海，所以我打算在海边，跟她表白。

然而，在出发的前一天，她突然给我电话，说去不了了，言语中还带着哭腔。

我说怎么了，放我鸽子也不用哭啊，我又不会骂你。

她说不是啊，是猫丢了！

眉眉的猫不是那种普通的家猫，而是纯种的豹猫，大概要一万多元，而且还是她精心挑选了几个月才看好的，可谓花了重金的同时也花尽了心思。

另外，眉眉从小就喜欢猫咪，对于这只猫更是疼爱有加，比照顾自己还要贴心。无奈之下，我们只好取消行程。

在接下来的一个礼拜，我一下班就跑去她家帮忙找猫，四处贴传单，问保安问门卫问扫地阿姨，在网上社区到处发帖子，更是多次跑到小区保安处看视频录像……

然而，猫还是没找到。与此同时，眉眉是茶饭不思，日益消瘦，让人心疼。

后来实在没有办法，我只好死马当活马医，在网上找了一种看起来非常迷信的方法：所谓的“剪刀找猫大法”，让她尝试一下。

具体就是在炉台上放一满碗的清水，碗上则平放一把剪刀。然后把剪刀打开口，开口的方向指向家门或者窗户的方向，然后呼唤猫的名字。

/ 6 /

神奇的是，半个月后，猫居然真的回来了。

眉眉开心死了，一连三天，请我吃大餐。第三天，我们更是一起吃了顿她最爱吃的寿司。

回去的路上，我们路过一个巨型的广告牌，牌上正宣传着陈奕迅的中山演唱会，我们都不约而同地发现了。要知道，眉眉一直以来就是 Eason 的迷妹，我也很喜欢他的歌，每年的平安夜，必听他的《Lonely Christmas》，每次去 K 歌，也必唱他的《明年今日》。

见她盯着广告牌，足足愣了一分多钟，我突然便产生了一个念头，于是看了看时间，发现离演唱会还有 3 个多小时，随即给一个中山的朋友打了个电话。他是我的老同学，现在自己开广告公司，经常筹备各种商演，业务做得很大，在当地人脉甚广。

10分钟后，朋友回了电话过来，说门票弄到了，位置还挺靠前的。当然，价格也挺美，2000多元一张。

眉眉被我的神速抢票行为给折服了，而且我跟她说，钱已经给了，不去就亏大了。最重要的是，他们说Eason今晚的演出音响是从香港空运过来的，音效特别棒……所以她也根本没办法拒绝。

经过一个多小时候的风驰电掣，我们安全地来到了中山市的兴中体育场，虽然迟到了一首歌的时间，但没有关系，总算是赶上了。

全场下来，眉眉都非常安静，几乎没跟我说一句话，我一度以为她不太满意这次的安排。

直到后来，我才知道，当时的她正全身心地沉浸在现场的氛围中，而且她那颗冰封多年的心，终于开始慢慢地融解了。

回去的路上，我趁热打铁地向眉眉表白，她一直没有开口，也算是默认了。

/ 7 /

2016年的光棍节，我跟眉眉一起去九寨沟旅游。

这是我们第一次去这么远的地方，所谓九寨归来不看水，还真是名不虚传，从五花海，到镜海，再到《西游记》里曾出现过的诺日朗瀑布……我们被这个如同仙境的地方折服了。

后来，我们还去了海拔2000米以上的黄龙，可没想到，她在那里出现了高原反应，头一直很晕，加上那天又下着雨，山上特别冷。所以我们玩了半天不到，就赶紧下山了。

下山的路上，她一直很自责，说都怪自己身体不好，影响了我们的旅行。

我开玩笑说没有关系，身体最重要，你现在别想太多，好好恢复。等你恢复好了，我们再去挑战西藏和珠峰好了。

但其实，看着她那苍白的样子，我无比地心疼，并产生了照顾她一辈子的冲动——这也是我人生中第一次有安定下来的念头。

/ 8 /

“余生这么长，世道这么险，要不你就跟我好了。”回广州的路上，我跟眉眉半开玩笑地暗示道。

“想得美。”眉眉轻描淡写地就化解了，“趁我高原反应头晕晕的就想乱下套啊。”

我心想，她或许想要一种比较正式的求婚吧，我要好好去张罗一下才行。

可没想到，从九寨沟回来后，我们的感情不但没有升温，眉眉反而开始有意地跟我疏远了。

我百思不得其解，也问了她好几次，到底是自己哪里没做好，还是有其他男人了，可她都说没有，还拼命给我发好人卡。

但与此同时，她还是以忙为借口，拒绝了我好几次的约会。

/ 9 /

十二月初的某一天，我终于还是忍不住，提前下班跑到她公司，打算跟她当面对质清楚。

眉眉那天加班，一直忙到晚上 9 点才出来，我赶紧迎上前去。她看到我后，并没有感到惊讶，似乎早就做好了心理准备。

“你跟我来吧。”眉眉的表情非常冷漠，让我的内心升起了一阵寒意。

“你不会娶我的！”我们在公司附近找了一家安静的咖啡厅，她酝酿了很久，终于还是开了口。

“我会！”我很坚定地说道。

“你不了解我。”

“我已经足够了解了。”我无力地坚持着，“我们明天就可以去登记。”

“我打过胎，医生说我不能怀孕了，我不值得你对我好！”

/ 10 /

2016 年的冬天，我跟眉眉的感情也正式进入了冬天。

自打眉眉告诉我真相后，我一直在思考这个问题，我能不能接受她。说实话，我设想过一万个理由——比如说她有一个外国的老公，可都没想到会是这样的一个原因。我也想过我们的一千种结局，可没想到会以这样的方式收尾。

2017 年刚过完元旦，公司就进行大裁员，很不幸地，我也在被裁的名单，感情的事情，只好暂放一边，我开始拼命地找工作。

终于在年前，我找到了一家不错的公司，业内数一数二，市场前景甚好，工资成功翻倍。唯一不好的一点，就是要派驻海外，需要去土耳其待三年。

这似乎也意味着，我跟眉眉这段看似稳稳的幸福，真的要画上句号了。可这时候的我却发现，眉眉早已在我心底扎下了根，我怎么也放不下她。我根本无法想象，在我的余生里，没有她的日子。

/ 11 /

办好签证后，我约眉眉出来吃饭，然后把去海外的事情，告诉了她。

眉眉非常礼貌性地恭喜我，并祝我一切顺利。

我说，你不打算留我？

她低下头来，沉默片刻，说我没有理由留你。

回来的路上，我默默地开着车，眉眉则像往日一样坐在副驾位上，一声不吭地看着窗外。她的侧脸依旧是那么的美，美到让人窒息。

“如果我有多一张机票，你愿意跟我走吗？”很快，我便把她送到了小区门口。正当她准备下车时，我突然问道。

她没有说话，也没有点头，只是转过身来，用她那大大的眼睛，看着我，一动不动地看着我。过了许久，豆大的泪珠，从她的脸颊边无声地滑了下来，如同珍珠一般在夜色中闪着晶莹的光。

窗外，突然又下起了雨，雨不大，稀稀疏疏的，却带来了寒意。我慢慢地凑过身去，轻轻地吻了吻眉眉的左脸，用心地感受着她那带有温度的眼泪和身上淡淡的清香。

此刻，车里放着的，依旧是那首熟悉的歌：

“我要稳稳的幸福，能抵挡末日的残酷，在不安的深夜，能有个归宿。”

出家

/ 1 /

当丝丝在电话里跟我说她要“出嫁”时，跳入我脑海的第一念头是：我的天啊，几百年没联系，一联系就扔个红色炸弹呀！真是避无可避啊！

然而，更出乎我的意料的是，这个炸弹却永远不会响。

因为她说的并不是出嫁，而是出家。

/ 2 /

丝丝是我的大学同学，长得不算漂亮，但却极其耐看，爸爸是大学教授，教的是历史，妈妈是学校领导，领导着像她爸这样的教授，所以毫无疑问，丝丝是一个典型的书香子弟。

她留着一袭长发，配上她那175cm的九头身身材，浑身透着一种古典的气质，像是从画里走出的女子一般。

对了，这么多年了，我一直记得当时她的QQ签名：

待我长发及腰，大侠娶我可好？

所以，我一度想做她的大侠，而且认识一年来，想过不少的法子撩她，结果还真是撩出了感情——可惜不是爱情，而是友情。

我成了她的暖男好哥们兼男闺蜜，连备胎都没混上。她最终跟一个管理学院的长相朴实的大男孩走在了一起——用她后来的话说，这可能就是她的命吧。

/ 3 /

大男孩叫作常路，所以我给他们小两口取了个雅号：丝绸之路。

其实，抛开我个人的嫉妒情绪去看，丝绸之路还是挺登对的：

常路是个农村孩子，做人踏实，做事稳重，脑子不笨，手脚勤快，有强烈的上进心，众人口中的潜力股，让人感觉是可以依靠一辈子的有为青年；

丝丝则是那种一旦爱上了，就容易把全副身心都交出去的姑娘，所以找个踏实的男人，不太容易受伤害。

眼睁睁地看着他们踏上幸福的“丝绸之路”，我只好安慰自己，所谓的真爱，就是看到自己的心上人，找到了稳稳的幸福后，在内心默默地祝福吧。

可如你所料，我并没有那么高大上的情怀。

自打我的丝女神正式脱单后，我就快刀剪乱麻地疏远了她，不再做他们的幸福观众了，也压根就没有想过挖墙脚——说实话，那时的我，并不像现在这么会撩妹。

毕业后，他们一起去了上海。常路找了家500强的外企，丝丝则进了建设银行的一个分行，一切都朝着幸福的方向前行。

可万万没想到的是，在毕业一年后，丝丝意外地怀孕了。

/ 4 /

丝丝坚持要把孩子生下来——当然，前提是先结婚。

然而，常路的穷志气却在这时候犯了，他恳请丝丝把孩子打掉。

他说，现在他还没有能力说服她爸妈把女儿嫁给他，而且他也希望可以通过自己的努力，给她一个值得一辈子纪念的完美婚礼。

丝丝后来跟我说，常路当时说话的语气非常诚恳，没有半点强迫的意思，而且说到情动之处，还当场跪了下来，眼里更是泛着这辈子从未有过的泪光。

最后，常路还说，如果你坚持把孩子生下来，我也能够理解，而且一定会支持。但如果你愿意等我，我对天发誓！3 年内，只要给我 3 年的时间，不管到时我奋斗成怎么样，我一定把你娶回家！

/ 5 /

这是丝丝认识常路以来，第一次看到他求人，而且还这么诚恳，所以她心软了，答应了堕胎。

所幸，常路也没有食言，而且只用了 2 年的时间，就兑现了自己的诺言。

在这两年里，常路可谓是发愤图强，卧薪尝胆，头悬梁锥刺股，用高考的心态去奋斗，用国家运动员的意志去坚持，而且他为了惩罚自己，再也没有跟丝丝上过床了。

当然，他在外面也从不鬼混，实在性欲难忍，就自己随便找个片子，动手解决一下。

2015年的夏天，常路如愿以偿地升职了，成了部门的第一把手，年薪也升到了20万。

在获得升迁的当天，他就去买了一整套的施华洛世奇，包括经典的黑白天鹅链坠、手链和耳环等等，然后去丝丝的公司接她下班。晚上吃饭时，他直接就开口求婚了，丝丝自然是满心欢喜，悦然同意。

然而，让他们都没想到的是，当丝丝带着心爱的男友见完父母后，得到的答案却是：坚决不同意！

丝丝的父母虽然都是知识分子，看起来开明通达，但在对待女儿的婚姻大事上，他们却非常固执地认为，常路配不上自己的女儿，自己的宝贝女儿要嫁的人非富即贵，而不是常路这样的穷货色，年薪在上海市区还买不到半个厕所，订婚只能买施华洛世奇而不是梵克雅宝。

更无语的是，丝丝爸爸的心脏一直就不太好，她妈妈非常过分，居然拿此做威胁，如果丝丝执意要跟常路在一起，爸爸很可能会心脏病复发。

结果，在经过半年多的拉锯战后，他们被迫分手。

/ 6 /

常路在一怒之下，离开上海去了广州，同时也换了一家公司。三年之后，他成功地成了这家公司的市场总监，年薪过 50 万。

对于丝丝，他一直念念不忘，所谓“弱水三千，只取一瓢饮”，期间有多少的环肥燕瘦，对他是贴身进攻，都被常路视之为无物。成了市场总监后，他顿时底气十足，心想现在应该有能力去说服丝丝的父母了吧。

然而，让他无比震惊的是，丝丝已经交了新的男朋友。

不过，常路并不是那种容易放弃的人。他非但没有黯然退场，独自疗伤，反而连夜飞到了上海，愤怒地找到了丝丝对质：

“你为何不等我？！”

“我不想等你。”丝丝冷漠地说道，“我已经等过一回了。”

“你这个不要脸的绿茶婊！我还一直以为是你爸妈不同意呢！！”常路怒发冲冠地骂道，说完就头也不回地走了，脚步迅速而坚定。

看着曾深爱过的男人越来越远，丝丝的视线慢慢地模糊了，但却始终一声不吭。

然而，当他快走到视线的尽头，却突然停下了脚步，并慢慢地回过了头来，无比惊讶地问道，

“那你为何还戴着我当年送你的天鹅链？”

/ 7 /

终于，真相还是浮出了水面。

原来丝丝在前几年的一次身体检查时，愕然发现，因为堕胎的缘故，自己已经不能再怀孕了。

常路是他们家的独子，而且不止一次在她面前表示过，自己很喜欢小孩，所以她知道他们没可能在一起了，而且那时候分了手，断了联系，也就更加没有告诉他的理由了。

等丝丝彻底接受了这个事实后，她也找了新的男朋友，继续过自己的日子。

当得知事情的前因后果后，常路一反常态的安静，而且用了一个晚上的时间思考，随后做了一个让所有人都震惊的决定。

他跟公司说，家里有些事情，要请一个礼拜的假。然后，他就独自飞到了四川，躲到了一个寺庙里静修。

很快，一周便过去了，他在那里找到了一份前所未有的平静。于是，他又待了一个星期，一个月，三个月……半年后，他下定决心，从此皈依我佛，苦心静修，以偿还自己的罪孽。

/ 8 /

丝丝在知道此事后，二话不说便跟男友分了手，然后火速找到了寺庙，试图劝常路回来，并且还答应他，只要他回来，就跟他一辈子不分开，没有孩子也没有关系，可以领养也可以通过其他的办法生孩子，现在的医学这么先进。

可常路却死活不愿意，坚持要出家，并且还非常冷漠地劝丝丝回去，说自己尘缘已了，不要再扰乱他的清修了。

在经过大半年的努力无果后，丝丝找到了我，说她已经想好了，也要出家，但希望我可以帮她一个忙，把她的故事写下来，给世人看，希望世间的有情人，不要重蹈他们的覆辙。

我劝她，你爸妈就你一个女儿，这样做值得吗？

她说，这些都不重要了。这辈子，我无论如何，都不能再失去他了。如果他不愿意回来，我就一直在那里陪他，直到余生终年。

/ 9 /

2017 年的端午节，身在四川的丝丝给我发了一张照片。

照片中的她，没有了曾经迎风飞扬的一袭长发，但却依旧笑靥如花，旁边则是她深爱了多年的、一脸安详的常路。两个光头的背后，则是一座分外幽静的寺庙。寺庙藏匿在密林中、半山腰和阳光下，似乎也有了生命一样。

她无比自豪地跟我说，这是他们跑了无数个地方、千辛万苦筹备了一年所建的第一个寺庙。

它就像是我们的孩子。

他就是丝绸之路的孩子！